A estrela sobe

Marques Rebelo

A estrela sobe

7ª edição

Rio de Janeiro
2022

CIP-BRASIL. CATALOGAÇÃO NA PUBLICAÇÃO
SINDICATO NACIONAL DOS EDITORES DE LIVROS, RJ

R234e

7ª ed.

Rebelo, Marques, 1907-1973
A estrela sobe / Marques Rebelo – 7ª ed. – Rio de Janeiro :
José Olympio, 2022.

ISBN 978-65-5847-046-5

1. Romance brasileiro. I. Título.

CDD: 869.3
21-73128
CDU: 82-31(81)

Camila Donis Hartmann – Bibliotecária – CRB -7/6472

Copyright © José Maria Dias da Cruz e Maria Cecília Dias da Cruz

Ilustração de capa: "A mulher esphinge", J. Carlos / Coleção Eduardo Augusto de Brito e Cunha / Instituto Moreira Salles

Todos os direitos reservados. Proibida a reprodução, o armazenamento ou a transmissão de partes deste livro, através de quaisquer meios, sem prévia autorização por escrito.

Texto revisado segundo o novo Acordo Ortográfico da Língua Portuguesa.

Reservam-se os direitos desta edição à
EDITORA JOSÉ OLYMPIO LTDA.
Rua Argentina, 171 – 3º andar – São Cristóvão
20921-380 – Rio de Janeiro, RJ
Tel.: (21) 2585-2000.

Impresso no Brasil
2022

ISBN 978-65-5847-046-5

Seja um leitor preferencial Record.
Cadastre-se no site www.record.com.br e receba
informações sobre nossos lançamentos e promoções.

À memória de
ARNALDO TABAIÁ

E o Senhor me disse: "Toma um livro grande, e escreve nele em estilo de homem."

Isaías, 8-1

Oh! grandes e gravíssimos perigos!
Oh! caminho da vida, nunca certo!

Os lusíadas, canto I, estrofe 105

PREFÁCIO

A Cidade Mulher

*Luiz Antonio Simas**

CARIOCA DE VILA ISABEL, O BAIRRO onde nasceu Noel Rosa e foi criado o jogo do bicho, Marques Rebelo pertence a um time que gosto de definir como o dos escritores das ruas do Rio de Janeiro. Refiro-me a uma seleção cheia de craques, como Manoel Antônio de Almeida, Machado de Assis e Lima Barreto, atacantes da linha de frente da prosa carioca.

Enquanto o primeiro, autor de *Memórias de um sargento de milícias*, é o grande cronista das ruas do Rio nos

---

* Mestre em História pela Universidade Federal do Rio de Janeiro, professor e escritor. Autor de *O corpo encantado das ruas* e *Umbandas: uma história do Brasil*, entre outros livros.

tempos do rei, Machado e Lima Barreto são os dois gênios da transição entre o declínio do Império e a consolidação da República. Já Marques Rebelo, pseudônimo literário de Eddy Dias da Cruz, é o escritor de uma cidade que, na década de 1930, sentia os efeitos do fim da Primeira República e do início da Era Vargas: acelerada urbanização, impactos do rádio e das gravações fonográficas nos gostos e hábitos populares, consolidação do samba como a música das ruas, casas e morros, popularização do futebol (Rebelo era torcedor fanático do América Futebol Clube), expansão contínua para os subúrbios, disparidades sociais, criação de um mercado de consumo de bens culturais, etc.

O livro *A estrela sobe*, segundo romance do autor (o primeiro, *Marafa*, é de 1935), foi publicado em 1939 e descreve a trajetória de Leniza Máier, carioca do Santo Cristo, nascida em família modesta, criada no bairro da Saúde, que sonha em fazer carreira como cantora e atingir o estrelato. Para isso, abre mão de alguns princípios, despreza um amor genuíno em nome de uma relação que pode levá-la longe na carreira e, em nome da fama, mergulha no ambiente artístico sedutor, machista e moralmente questionável da Era do Rádio.

De certa forma, *A estrela sobe* é sobre o próprio Rio de Janeiro. O balneário cosmopolita, famoso no mundo pela beleza da orla emoldurada por montanhas na Zona Sul, longe de se definir na fixidez de uma imagem turística sedutora, na obra de Rebelo pulsa e se revela nas vielas suburbanas, nas biroscas e nos cabarés do cais do porto, nas rodas de carteado dos malandros e nas encruzilhadas em que o afago e a violência parecem conviver com a mesma intensidade. Cidades opostas? Não. É a mesma cidade tensa e intensa, complexa, fascinante, cosmopolita e provinciana, estrelar e decadente.

Paulo da Portela e Noel Rosa, na mesma década em que Marques Rebelo escreveu esse livro, compuseram canções sobre o Rio com o mesmo título: "Cidade Mulher". Leio *A estrela sobe*, escuto as músicas de Paulo e Noel, e parece que vejo ela mesma, suburbana e calorosa, bela e triste, se apresentando com a voz da diva ao microfone: "Prazer, sou a cidade de São Sebastião do Rio de Janeiro. Mas vocês podem me chamar de Leniza Máier."

A PRIMEIRA FILHA DE DONA MANUELA morreu aos quatro meses, duma gastrenterite, que zombou tanto da homeopatia e alopatia dos médicos como do empirismo solícito das vizinhas. Chamava-se Mariza, nome dado pelo pai, que escolheu também o da segunda — Leniza, nascida seis anos depois, numa casinha da rua da América, para onde se mudara o casal após o desgosto.

Seu Martin, descendente de alemães,[1] era relojoeiro mas nunca teve negócio próprio. Trabalhava numa aristocrática ourivesaria do Centro. Como era muito hábil e

---

1. Os avós, imigrantes de Hanôver, chegaram ao Brasil, destinados à agricultura. Como tantos outros, ficaram na cidade e na cidade se perderam, exceção de um tio — Hermann — que fez fortuna, em Petrópolis, com um hotel, depois com uma cervejaria; fez política, viu um filho sentar-se na Assembleia Fluminense e, aos primeiros bafejos da prosperidade, achou que era hábil romper com todos os parentes pobres, próximos ou remotos.

paciente, percebia um razoável ordenado, acrescido ainda pelos biscates que fazia de noite, em casa, num canto da sala de jantar, que ele batizara de oficina. Deve-se a isto e à atividade de dona Manuela, que ajudava incansavelmente o marido cozinhando, lavando, cosendo, o relativo conforto em que Leniza viveu os seus primeiros anos. Mas seu Martin era imprevidente. Gastava quanto ganhasse, se endividando mesmo por amor a uma porção de pequenos luxos burgueses. Por isto, quando Leniza completava os seus oito anos, a família entrou numa fase angustiosa. Seu Martin, que era bem mais velho que a mulher, caiu de cama, entrevado. Assim viveu dois anos, sem trabalho, mal protegido pelos patrões e por algum amigo mais dedicado. Depois da sua morte, dona Manuela viu-se na miséria. Mas não ficou ao desamparo. Mudou-se para a casa de uma comadre, viúva e sem filhos, que alugava cômodos. A casa ficava numa ladeira da Saúde. Estreita, iluminada a gás, um lampião aqui, outro lá em cima, a ladeira era calçada à antiga, com grandes pedras desiguais, que um capim raquítico parecia separar. Quando chovia um pouco mais, transformava-se numa cascata, que impossibilitava o acesso. Não tinha saída. Terminava junto ao corte a prumo da pedreira. A casa era exatamente a última do lado direito, quase colada à pedra, velha, maltratada, um forno! Comprimiam-se as três no quarto da comadre, porque os outros estavam alugados.

*

Dona Manuela era mestiça disfarçada, filha natural de um pequeno fazendeiro de Cantagalo, que pôs tudo fora na pavuna e que acabou morrendo afogado, quando, muito bêbado, tentava atravessar uma pinguela, numa noite de temporal. A filha tinha, então, seis anos, e a família do coletor federal aceitou-a para criar. Aprendeu a ler, a escrever, a contar, trabalhos de agulha, trabalhos domésticos. Revelou-se uma extraordinária cozinheira. Quando o advogado de maior prestígio da cidade foi eleito deputado federal, e transferiu-se para o Rio com a família, o coletor, por chaleiramento, fez questão de que a trouxessem como cozinheira. Não demorou muito, porém, porque a família caiu num tal arrivismo que a atmosfera ficou insuportável. Mas não quis voltar para sua terra. Acostumara-se com a vida da capital, teria maior futuro ficando. Alugou-se na casa de um comerciante de louças, desta passou para outra, e mais outra, passarinhou em várias até que, nova e simpática, encontrou o futuro marido, que teve a princípio ideias nada legais, mas acabou levando-a à pretoria.

Dona Manuela, para se aguentar, pensou, pois, em meter a menina num asilo e voltar para sua vida de solteira. A comadre dissuadiu-a. Casa, tinha, precisava era fazer para a comida e o resto, e a maneira melhor e mais fácil de consegui-lo era lavar. Ela, comadre, não o fazia porque já não tinha forças para tal, tanto assim que os seus hóspedes tinham lavadeira fora. (Lavadeira e comida. Alugava os quartos a seco e, para facilitar a renda, barateava o aluguel pondo dois em cada cômodo.) Água não faltava, felizmente. O coradouro era bom. Era o caso dela lavar para os rapazes e arranjar mais alguns fregueses fora. Dona Manuela aceitou a sugestão. Falou com os rapazes, eles acharam melhor ter a lavadeira em casa. Eram seis. Davam dez mil-réis cada um. Seu Gonçalves, do armazém Forte de São Caetano e proprietário da casa, intimou a caixeirada, por deferência à comadre, freguesa e inquilina de anos. Dona Manuela tirava seus cem, cento e vinte por mês. A comadre tinha pequenas crises de ranzinzismo, que precediam outras da enfermidade que a ia aniquilando. Dona Manuela suportava umas e outras — são marés da vida...

TAL ESTADO DE COISAS durou perto de seis anos. Entretanto, Leniza desenvolvia-se, forte, saudável, muito bonita. Os olhos eram enormes, muito castanhos. Os seios despontavam precocemente. Frequentava a escola pública com aproveitamento. A professora dissera a dona Manuela que a menina era muito inteligente, muito viva, aprendia com muita facilidade, mas tinha um gênio bastante esquisito, inexplicável às vezes. Rasgaram-se para Leniza muitos dos mistérios da vida. A promiscuidade com os hóspedes da comadre facilitara uma parte. Via-os constantemente nus, nos quartos de portas abertas, de propósito ou não, no chuveiro e latrina comuns; ouvia as suas conversas livres, seus ditos pesados, suas anedotas bocagianas. As meninas do colégio, as amigas da rua, completaram a instrução. Teve os primeiros namorados, meninos de calças curtas. De volta da escola, fugia com eles para recantos desertos, onde trocavam beijos. Às quintas-feiras, havia entradas grátis no cinema da rua Larga, fornecidas pelo dono à meninada mais aplicada das escolas do bairro. Na escuridão propícia a concessões mais amplas, deixava-se levar a sensações mais positivas, sem que contudo sentisse o que outras diziam sentir.

A MORTE DA COMADRE veio mudar novamente a vida de dona Manuela. Leniza tinha quatorze anos, terminara o curso primário, cantara uma cançoneta entre aplausos na festa de encerramento das aulas, ganhara corpo de moça, esbelto, torneado, tentador, muito longe dessa beleza plebeia que fenece cedo.

Agravando-se o estado da comadre — uma complicação da vesícula — o médico da Ordem de São Francisco, de que era irmã e onde ia se consultar todas as semanas, aconselhou-a a se recolher ao hospital. Lá ficou pouco tempo. Dona Manuela, que se encarregara da casa, visitou-a duas vezes. Da segunda, nenhuma tinha esperanças. A comadre foi forte. Sabia que ia morrer, estava feliz, não incomodava ninguém — o enterro, a Ordem faria. Dona Manuela chorou: nem de rastros pagaria o que devia à comadre. A comadre negava: tolices. Fizera o que qualquer uma faria. E afinal de contas, que é que fizera? Dar morada? Tolice. Dona Manuela não lhe pagara de sobra com favores e trabalhos? Ela é que devia. Dona Manuela chorava. A comadre era forte. Dispôs dos seus pertences. Os parentes que tinha lá em Portugal, nem sabia se eram vivos, nem queria saber — tinham sido uns peraltas, uns ingratos. Tudo que possuía eram móveis, alguma louça, a roupa, dois anéis, as alianças, um cordão de ouro. Com as alianças queria ser enterrada (não foi). Os anéis e o cordão eram para Leniza, que Deus a abençoasse! Os móveis, louça, roupa, eram de dona Manuela. Se alguém reclamasse, fechasse-lhe a porta na cara e chamasse advogado. Chamasse advogado! Tudo era dela. E falasse com Seu Gonçalves, continuasse com a casa, alugando os quartos. Sempre dava para não morrer de fome, como dona Manuela bem vira. Na hora da partida, porém, sentiu-se sozinha demais. "Dá-me a sua mão, moço. Aperta minha mão, moço." Falava para o enfermeiro, que se ajoelhou ao lado da cama e lhe entregou a mão calosa. A comadre apertou-a. Apertou-a com delicadeza, com o *tonus* de uma grande amizade, quase com amor. Sentiu-se tranquila, acompanhada. Sim, parecia que alguém ia com ela, que alguém a acompanhava na grande viagem. Sentia-lhe a mão, sentia-a só, não via nada, a vista se turvava, tudo era céu branco na sua frente — que Deus a recebesse em sua mão. Foi seu último pensamento. Veio uma vertigem, um suor frio, o coração falhou — a comadre foi repousar na mão de Deus eternamente.

A vizinhança compareceu ao velório, dando os pêsames a dona Manuela e à filha. Compareceu em menor número à missa de sétimo dia, sempre abraçando dona Manuela e a filha, como se elas fossem as parentas da morta. Na missa de mês, na capelinha de Santo Antônio dos Pobres, estavam cinco pessoas.

NINGUÉM VEIO RECLAMAR NADA. Seu Gonçalves aceitou sem relutância a continuação da casa com dona Manuela, que ficou absoluta. Estava resolvida a modificar o regime do aluguel. Sempre enguiçara com aquele mundo de gente dentro de casa. Sempre vira com maus olhos a liberdade a que se davam os homens, sem se importar com a presença de Leniza, sem respeitá-la como moça, criando ainda um ambiente desfavorável a um casamento possível. Preferia alugar cada quarto a uma pessoa só. A casa ficava mais sossegada e ela mais ainda porque Leniza estaria melhor. E o problema se apresentava assim: os seis hóspedes davam-lhe trezentos e sessenta mil-réis, incluindo a roupa lavada. Paga a casa, restavam cento e sessenta, que, com os quarenta que ainda pegava da caixeirada de seu Gonçalves, sempre chegava para não morrer de fome, como dizia a comadre. Ora, três hóspedes somente, mesmo que dessem cento e trinta e cinco com casa, jantar e roupa lavada — não conseguiria mais no lugar — somavam quatrocentos e cinco. Deduzida a casa, duzentos e cinco. Com mais os quarenta da caixeirada: duzentos e quarenta e cinco. Tendo de tirar desse dinheiro a luz, o carvão, a comida delas e dos hóspedes, nada sobraria, faltaria até. Se viesse então uma doença, estava desgraçada! Só havia uma solução para cobrir as possíveis diferenças: aumentar a receita, arranjando um emprego para Leniza. Aliás já era negócio pensado. Leniza precisava se preparar para a vida. Ontem foi a comadre, amanhã seria ela... E Leniza não tinha ninguém neste mundo. Dona Manuela saiu à cata duma colocação para a filha. Fala daqui, pede dali, afinal obteve o desejado. Leniza entrou, a título de experiência, para uma fábrica de balas, a três mil e trezentos por dia. Foi para o empacotamento, atravancado e sem luz, dominado pela pestilência das latrinas imundas. Entrou num dia, no outro dona Manuela apresentava o bilhete-azul[2] aos seus hóspedes. Não ficou nenhum mesmo, pois a nenhum interessavam as novas condições. Dona Manuela entendeu-se com seu Gonçalves, que prometeu agir, e ela esperou os pretendentes. Ao cabo duma semana os três quartos tinham moradores. Dona Manuela fornecia-lhes cama, roupa lavada, café pela

---

2. Com esta poética expressão foi batizada a prática adotada pelo Governo Provisório para dispensar os funcionários que antes de outubro de 30 combatiam a Revolução, mas que depois da vitória — que delírio nas ruas! — tentavam aderir ao movimento ou passar como revolucionários autênticos.

manhã e jantar. Aos domingos, ajantarado. Tudo pelos cento e trinta e cinco mil-réis calculados.

A FÁBRICA ERA PERTO, vasto barracão levantado nos fundos dum velho trapiche. Leniza ia a pé, mesmo com mau tempo. Saía às sete e meia. Tinha de entrar às oito. Levava o pequeno almoço embrulhado.

O responsável pela seção, a antipatia em pessoa, era um rapaz de costeletas e bigodinho caprichado, apelidado "O Irresistível". Só admitia uma maneira de justiça: fossem gostoso com ele. Moça nova que entrasse tinha de se submeter aos seus ataques de ternura. Leniza defendeu-se da primeira investida:

— Cantas, mas não encantas.

Ele fez-se de desentendido:

— Que é?

Dois dias depois voltou à carga. Ela desiludiu-o:

— Não insista. Com você, nem para o céu.

O contra desta vez foi notório. Sentiu-se diminuído ante as suas subalternas. Procurou restaurar o prestígio abalado ao mesmo tempo que vingava o amor-próprio ofendido. E perseguiu-a durante uma semana, ao fim da qual deu má parte dela ao patrão. Leniza foi chamada ao escritório do chefe. Era um velho gordo, sem pescoço, as mãos muito curtas. Ela se explicou, desembaraçadamente, prometendo quebrar um boião de cola na cara do conquistador, na primeira ocasião que ele se fizesse de tolo. Mas o rapaz era da confiança do velho. Foi despedida. Saiu com uma auréola de pureza bastante ofensiva para as companheiras que ficavam. Dona Manuela passou uma noite em claro, apelando para o calor como causa, o que Leniza fingiu acreditar. Três dias depois arranjava, com o farmacêutico da esquina, um novo emprego para a filha. Era num laboratório de especialidades farmacêuticas. Ordenado: cem mil-réis por mês, para começar. O novo patrão prometia aumento "conforme a capacidade de trabalho que ela manifestasse". De meia-idade, seco de carnes, gritava muito, mas não era mau sujeito. Ao mesmo tempo que estava zangado, estava rindo, brincando com as empregadas (fazia questão de não considerá-las como operárias). Obrigava-as a servirem de cobaias para as novas fórmulas dos seus depurativos e fortificantes. Com menos de dois meses, após uma peregrinação pelas diversas seções do laboratório, Leniza sabia mexer com aquilo tudo tão bem quanto as companheiras mais antigas. O patrão, conforme prometera, aumentou o ordenado para cento e vinte e cinco mil-réis, ajuntando "que não ficaria por aí". O trabalho não era penoso: colar rótulos, meter vidros em caixas, etiquetá-las, selá-las, envolvê-las em papel celofane, branco, verde, azul, conforme o produto, separá-las em dúzias... Era fastidioso. Para passar mais rapidamente as oito horas havia o remédio: conversar. Era proibido mas quem ia atrás de proibições? O patrão vinha? Vinha o encarregado do serviço? Calavam o bico, aplicavam-se ao trabalho. Mal viravam as costas, voltavam a taramelar. As mãos não paravam, as línguas não paravam. Nessas conversas intermináveis, de linguagem solta e assuntos crus, Leniza se completou. Isabela, Afonsina, Idália, Jurete, Deolinda — foram mestras. O mundo acabou de se desvendar. Leniza perdeu o tom ingênuo que ainda podia ter. Ganhou um jogar de corpo que convida, um quebrar de olhos que promete tudo, à toa, gratuitamente. Modificou-se o timbre da sua voz. Ficou mais quente. A própria inteligência se transformou. Tornou-se mais aguda, mais trepidante. Tinha respostas para tudo, respostas engraçadas, revelando mais cinismo que ironia. Idália era a emprestadora de livros: *Anedotas de Bocage* (diziam Bocagem), *Lucrécia Bórgia*, *A morta virgem*, volumes estampados da Coleção Chique, da Coleção Galante. Um dia ofereceu-lhe uma brochura pequenina, cor-de-rosa: *Para ler no banho*.

— É formidável!

— Não quero. Não tenho banheiro.

Tinha chuveiro só. A caixa-d'água apanhava o sol desde que ele nascia até que se punha. A água ficava quente. Demorava-se no banho. Amava o contato tépido da água escorrendo — uma delícia! Outras delícias eram os contatos nos cinemas, nos bailes. Passara a frequentar bailes. "É família, mamãe" — mentia. Alguns eram, na verdade. A maioria, porém, era em clubes. Algumas companheiras tinham irmãos, namorados, parentes, no

Flamengo, no Guanabara, no América. Fazia figura. Fez conta à prestação no seu Nagib. Judite, uma vizinha que fora desencaminhada com promessas de casamento por um caixeiro do Parque das Noivas, e que acabou defendendo-se, abandonada, como costureira, fez-lhe um vestido de baile que tinha mais carne à mostra do que tecido. A carne era moça e bela. Fazia figura. Voltava alta madrugada no automóvel dos amiguinhos, que a obrigavam, na descida, a certas pequenas compensações a que não se furtava, exceto uma vez em que, com decisão e rudeza, dissera ao acompanhante, um sujeitinho com o qual não simpatizava um pingo, "que ele estava muito enganado". Mentia para a mãe: "o irmão de fulana é que me trouxe" não raro estendendo a mentira, num luxo de detalhes que emprestassem maior veracidade: — "Coitado, tive pena. Estava tão cansado..."

UM ANO ROLOU. Passou para cento e cinquenta. Ficou sozinha no quarto, o menor da casa, o que dava para a área, e que ela ajeitou com certo gosto, pondo almofadas no chão, retratos de artistas pelas paredes, transformando uma velha mesa de pinho em penteadeira com a ajuda de um espelho da loja de dois mil-réis e três metros de chitão. A mãe mudara-se para um tabique feito na sala de jantar, que era o maior cômodo da casa. Tem a sua história, o tabique: para o quarto da frente, depois de seu Rominildo, prático da farmácia da esquina, que foi um bom calote de dois meses, veio um marceneiro. Num domingo ele levantou o tabique e dona Manuela descontou os sessenta mil-réis "Não acha que é muito não, seu Albuquerque?") em parcelas de vinte nos três primeiros meses do homem. Data daí o primeiro caso sério de Leniza, talvez mais que uma doidice, como ela reconheceria mais tarde. Era um pobre diabo, empregado duma agência de transportes no Cais do Porto. Chamava-se Astério. Corpulento, sanguíneo, ia pelos vinte e cinco anos, era hóspede do quarto que pegava com o dela. Como aquilo começou, nem Leniza poderia dizer. Sabe-se que um mês depois de tê-lo visto entrar, puxando pelo corredor uma mala tipo canastra, estava apaixonada. Foi uma crise completa. Inapetência, insônia, melancolia, devaneio, uma doce preguiça de falar, de agir. A mãe cercou-a de cuidados especiais. No trabalho foi repreendida por falta de atenção. As companheiras compreenderam: apaixonada, hem?... Queriam saber quem era. Ela negava, afirmava, negava, afirmava, mas o nome dele não saía. Abandonou as festas, se enfastiava nos cinemas. Queria ficar em casa, sentir a presença dele. O estrépito da água a cair, no chuveiro, sobre o corpo do rapaz, tinha para ela musicalidades excitantes. O andar duro dele, no quarto, se vestindo, fazia-a palpitar. Colava o ouvido à parede, ficava ouvindo, adivinhando um turbilhão de sensações estranhas, um mundo de prazeres desconhecidos. Na mesa, à hora das refeições, era um nunca se acabar de olhares disfarçados. Disfarçados por dois motivos — primeiro: não queria que a mãe desconfiasse, pois isto exigiria uma explicação e ela tinha vergonha, quase repugnância, de se abrir com a mãe sobre tal assunto; segundo — e mais importante: não queria que ele desconfiasse. Foi impossível. Ele acabou desconfiando. Ficou intimamente lisonjeado, mas não se precipitou — esperou. Dois dias depois teve a certeza. Teve-a no corredor, quando chegava do trabalho, atrasadíssimo para o jantar. E o resultado foi que a casa se envolveu, depois dessa noite, num véu de mistério. Sinais, pancadinhas, bilhetes, meias-palavras... Dona Manuela e os hóspedes nada percebiam. O que ela percebeu é que a filha melhorava. Voltaram o apetite, as boas cores, o sorriso fácil, a tagarelice, uma disposição perfeita para a vida. Dona Manuela respirava satisfeita. Leniza voltou a frequentar os cinemas do bairro. Mentia, dizendo que ia com a Maria, com a Judite (industriada), com a Noêmia. Ia com ele. Encontravam-se na rua. Instalavam-se nas últimas filas, ficavam muito juntos, mãos agarradas. Astério passava o braço pelas costas dela, chamava-a mais para junto do peito, completamente insensíveis ao calor fabuloso.

— Mas se dona Manuela sabe, não é pior?

Não saberia, replicava ela. Sabia é que não tinha coragem de dizer.

— Mas por quê?

— Não sei. Uma coisa...

— Pois talvez fosse melhor.

— Não.

— Mas um dia ela tem que saber.

— Até lá...

— Pode ser amanhã.

— Não. Ninguém adivinha — e ela prevenira as amigas. Pedira às amigas. Não havia nada.

Astério achava melhor confessar à mãe, senão ela poderia fazer mau juízo. E ele tinha boas intenções.

— Você não gosta de mim?

— Uma loucura! — e procurava-o, apertava-lhe a mão, colava a boca nos lábios do namorado.

— Eu ganho pouco, mas bem que se podia dar um jeito e casar.

— Casar, agora, não.

— Mas por quê?!

— Porque não. É cedo. (Mentia. Não. Não era por isto. Era porque... Como explicar aquilo? Ela mesma não sabia.) Ele se zangava:

— Não te compreendo, Leniza!...

Leniza suspirava: compreendesse...

— Não! Ele não podia compreender: nunca vira ninguém assim! Leniza vinha colérica: pois uma era a primeira. Abrisse os olhos. Visse-a! Brigavam, faziam as pazes, tornavam a brigar, pois Astério não desistia dos seus propósitos:

— Vou falar com sua mãe hoje.

— Não. Não fale.

— Vou.

— Não vai!

— Mas por quê?! Diga! Não há nada que...

— Há sim. Porque não quero! — e ameaçava-o: — Se você falar, juro por esta luz que me alumia que nunca mais...

— Você é maluca!

— Você é que é!

— Você!

— Estúpido!

— Estúpida é você!

— Sai daí, me larga! — e afastava-se, repelia-o com nojo. Quando não se refugiavam nos cinemas, iam para as sombras noturnas e camaradas das ruas próximas, ruas escuras da Saúde, ruas em escadinhas fétidas, e lá ficavam atracados, horas e horas. Era Leniza sempre quem dava o brado de alarma.

— Onze horas já, santo Deus! É tarde! Vamos.

Mentia:

— Estive ouvindo o rádio na casa da Matilde...

Estive passeando com Matilde...

Astério entrava sempre depois dela, dava um boa-noite coletivo, e ia para o quarto dormir. Em casa pouco se falavam, salvo à hora do jantar, questões gerais, abertas aos demais presentes.

As rusgas foram se complicando com um motivo novo — o ciúme. Ciúme recíproco. Se Leniza cumprimentava algum rapaz, ele logo fechava a cara e queria saber quem era, quem não era. Leniza respondia:

— É um conhecido. (Muitas vezes coincidira ser um dos seus antigos bolinadores.)

Ele não acreditava. Ela gritava:

— Que se não quisesse acreditar, não acreditasse, melhor. Fechava o tempo. Se acontecia Astério olhar para alguma moça, Leniza pulava: — Pensa que sou cega, não? — ele negava.

Ela continuava:

— Você não me faz de boba, não. Está muito enganado. Tenho olhos é para ver. Não adianta negar — abria um olho com o dedo —, eu vi!

— Mas, Leniza...

— Não adianta negar. Não seja cínico.

— Pois se não quiser acreditar, vá para o raio do diabo!

— Vá você com quem te acompanhe!

— O quê?!

— Já disse!

— Repita.

— Não sou relógio de repetição.

— Você merecia é um bofetão nessa boca!

— Dá, se tem coragem — e ela olhava-o, de alto a baixo, provocadoramente, com um desprezo mortal.

— Dou!

— Dá!...

Uma noite, era na sombra deserta dum terreno devoluto, perto de um grande moinho, ele deu mesmo, e deu com força. Leniza reagiu a unhadas:

— Bandido! Bandido! — parecia uma fúria solta.

Astério atracou-se com ela, com dificuldade dominou-a:

— Você está louca! Você provoca! — ela chorava, acabou tudo em abraços, beijos, perdões, muitas promessas.

— Nunca mais?

— Nunca.

— Jura?

— Juro! E você?

Houve uma trégua, que culminou com a mútua confissão a dona Manuela. Aliás, foi ela que os forçou. Recebera indiretas, denúncias veladas, tratou de averiguar. Seu Astério parecia rapaz trabalhador. Leniza precisava de amparo. Condenou-os por lhe terem escondido tudo — não via mal algum nos dois se gostarem. Mas escondido não parecia coisa direita. Não fazia mau juízo, mas não parecia. Afinal, não adiantava esconder. Para quê? Não acabou sabendo? Leniza chorou, pediu perdão — ela é quem tinha a culpa... Astério sempre quisera falar, ela é que não deixara, mas não fizera por mal... A mãe pôs-lhe a mão no ombro num gesto de absoluta confiança:

— Mas quem falou em mal, minha filha?

Leniza, porém, sentia prazer — um prazer inédito — em se humilhar. Quis prolongá-lo. Ajoelhou-se teatralmente aos pés da mãe:

— Perdoe! — Dona Manuela tremeu como se a terra se lhe tivesse aberto aos pés e quase gritou:

— Mas você fez tolice, minha filha?!

Leniza levantou-se rápida, encarou francamente a mãe:

— Não! — e altiva como se rechaçasse uma ofensa: — A senhora não me compreendeu!

Astério pusera a mão no peito, dramático também (dona Manuela lia nos olhos da filha — verdade!):

— Não! Juro! — Dona Manuela respirou: uf! que vocês me pregaram um susto! Malucos!

Leniza enxugava as lágrimas, sorria. Astério prometeu abreviar o casamento. Dona Manuela, outra vez confiante, achava que isto era com Leniza. Passaram a se abraçar na frente da velha.

Mas a situação ia pior sempre. A luta acesa, contínua, era uma necessidade para ambos. Era o combustível que animava aquele amor. Voltaram as contendas. Foi um carnaval de cachorro. As desconfianças chegaram a um grau de absurdo verdadeiramente incrível. As mais extraordinárias suspeitas eram levantadas. Os desaforos trocados passavam de qualquer termo, eram pesadas obscenidades já. Dona Manuela via tudo negro. Procurou acalmá-los, não deram ouvidos; procurou dissuadi-los da união — seria uma desgraça para ambos — nada conseguiu. Estavam cegos.

Novamente se engalfinharam. Foi em plena rua. Um polícia os prendeu. Dona Manuela foi chamada à delegacia. Chegou como uma desvairada, pensando encontrar Leniza morta, gritando: "Minha filha! Minha filha!". Astério foi autuado em flagrante, os jornais noticiaram o martírio de Leniza com títulos mais ou menos humorísticos — "Amor e pancadaria", "O Astério não é sopa", "Astério *versus* Leniza" — a cotação dela, entre as companheiras, subiu a cem como uma vítima do amor. Astério defendeu-se, foi solto, mandou buscar a mala, sem satisfazer o mês, e com o recado, "que Leniza lhe pagaria". Dona Manuela voltou à delegacia, o delegado ouviu-a, paciente, disse que fosse descansada, que ele ia tomar severas providências. Mandou chamar Astério, falou grosso com ele. Mas dona Manuela não ficou tranquila. De bandidos o mundo estava cheio. Era um perigo! Foi ao laboratório, entendeu-se com o chefe — Leniza tinha direito a férias — prendeu-a dezoito dias em casa. Astério não insistiu nas ameaças. Seu Peixoto, um hóspede da casa, a pedido de dona Manuela, foi sondá-lo na agência. Informaram que ele tinha deixado o emprego, fora para Santos, onde tinha um irmão bem colocado. Seu Peixoto voltou — "sumiu de circulação, dona Manuela". E contou o que sabia. Dona Manuela respirou. Leniza estava livre!

Para o quarto vago, veio seu Alberto. Porteiro de uma companhia de seguros, com seus quarenta anos garantidos, seu Alberto era um homem pacato, caseiro. Para passear, só saía aos domingos. Tocava violão. Era o seu divertimento. Acabava de jantar, pegava no pinho, sentava-se, dedilhava. Não cantava. Tocava apenas. Leniza é que cantava, às vezes. A primeira vez que o fizera, seu Alberto não se conteve:

— Muito bem! Linda voz! — e armou com ela uma grande camaradagem.

Trazia-lhe o *Jornal das modinhas*, o *Álbum do seresteiro*, a *Lira do povo*, pedia que decorasse novas letras, que cantasse assim e assado, puxava por ela. Leniza atendia-o. Cantava com muita graça e a voz, pelo exercício quase contínuo, melhorava sempre. Ficou mais plástica, mais afinada, ganhou maior volume.

E o tempo anda. Restabeleceu o regime antigo de cinemas e bailes. Os amiguinhos voltaram a trazê-la de madrugada. Agora, dona Manuela tem cuidado. Leniza dissuade, sem mentir: — Qual, mãe! Gato escaldado... — e deixa-se bolinar. Por vezes quando está nos braços de um amiguinho, pensa em Astério — é incrível como aquilo tudo aconteceu!

O QUÍMICO, PARECE, tinha competência na sua profissão. Tanto assim que recebeu uma excelente proposta de São Paulo. Tantas eram as vantagens, que ele resolveu aceitar, passando adiante o seu laboratório. O novo proprietário era um homem de negócios. Um estabelecimento daqueles, com produtos como aqueles, não era para dar tão medíocres lucros. Farejava o futuro: uma mina! Para isto faltava uma coisa: propaganda! E meteu dinheiro nela. Anúncios nos jornais, anúncios nas revistas, nos bondes, no rádio, cartazes, prospectos. Tudo para atingir o público. "O público é que compra!", dizia, e seus produtos eram populares. Mas não convinha se indispor com a classe médica. E resolveu iniciar uma campanha de propaganda junto aos médicos. Mas como queria uma ação eficiente, não quis representantes do sexo masculino. Havia milhares deles atulhando as salas de espera dos consultórios, sem resultados apreciáveis. Os médicos, importunados, não atendiam, mandavam as enfermeiras despachá-los, e se atendiam, faziam sem atenção, a contragosto. Não! Não era negócio. Criaria um corpo de moças para atacá-los. Moças bonitas, escolhidas. Isto, sim. Seria uma novidade. Daria resultados certos. Quem deixaria de receber uma moça bonita?

Pôs um anúncio esperto no *Jornal do Comércio*. Cerca de cem pequenas apareceram como pretendentes. Fez uma seleção a seu gosto. Eram três. Precisava de quatro. A quarta já estava escolhida antes do anúncio — Leniza. As razões da escolha eram de duas ordens: física — era linda de rosto e de corpo; intelectual — era inteligente, ativa e tinha alguma instrução, como pudera verificar. Ministrou-lhe conhecimentos preparatórios sobre o que deveria dizer e fazer, a respeito dos xaropes e fortificantes, aumentou-a para duzentos mil-réis (Leniza exultou), soltou-a na rua, com a obrigação de visitar dez médicos por dia, no mínimo. Leniza fazia o Centro da cidade. Às outras cabiam os hospitais, os subúrbios, os bairros. Não haveria grandes conflitos.

Começou uma outra vida — oh! — uma boa vida. Afinal, quem não ama a liberdade? Tinha obrigações, é certo — visitar dez médicos. Às vezes, com chuva, era bem cruel. Mas sempre era uma espécie de liberdade andar na rua, não ter horas certas, conversar com este, conversar com aquele, conhecer gente, ver passar gente (por que se encontram nas ruas criaturas às quais, por um sorriso, um piscar de olhos, uma inclinação de cabeça, nos sentimos imediatamente ligados, confundidos os destinos e os desejos, e que passam, e em noventa por cento dos casos, nunca mais vemos?) E como é bom parar nas vitrinas — milhões de objetos que nos despertam os mais impressentidos desejos —, admirar os cartazes dos cinemas, entrar nos cafés, tomar refrescos, e em toda parte ouvir piadas, convites, sentir o olhar dos homens desejá-la, desnudá-la, persegui-la. Abençoava o novo patrão — era um gênio! Fosse o antigo, ainda estaria colando rótulos, colando rótulos, metendo vidros em caixa, gramando no mesmo ordenado. Dele nunca que sairia uma ideia daquelas — um burro!

O horário de entrada era o mesmo. Chegava, fornecia a ficha do seu trabalho da véspera, recebia instruções, enchia a pasta com dez vidros de amostra — às nove horas estava na rua, com a pasta pesando. Era o pior. Mas até o almoço já liquidara três, quatro médicos. Almoçava em casa, com vagar. Havia tempo para uma sesta depois. À uma hora saía novamente para dar conta do resto. Quando a pasta esvaziava, estava livre — toca a flanar. Velhos amiguinhos de festas, recentes amiguinhos (médicos muitos), conhecidas — e lá se passavam as tardes. Bem que muitos deles quiseram se firmar ao seu lado. Dava o contra. Amiguinhos só. Um beijo, dois... e basta! Compromissos, não. Nada de prisões. Um médico, dr. Oliveira, que ela visitara muitas vezes e com quem fizera boa camaradagem, falara claro, de olhos untuosos, pegando-lhe na mão, que lhe montaria casa, lhe daria criados, automóvel...

— O que mais?

Ele não percebeu a zombaria:

— Joias, vestidos, tudo.

— Linda voz, a sua!

— Não acredita?

— Talvez acredite, mas não me interessa agora. Pode ser que um dia...

— Sabida!

— Acha? — fez ela, arregalando os olhos, com ar muito moleque.

Da mesma espécie, recebera outra proposta. Era um médico também, gordo, velhote, antipático. Fora feroz, gritando quase para que a ouvissem na sala de espera cheia:

— Por que não propõe isso à sua irmã?

*

Vai um dia, uma semana, um mês. Vai o inverno, o verão. As mesmas festas, nos mesmos clubes, os mesmos cinemas. Os amiguinhos é que mudam. Não suportava uma semana a mesma cara, a mesma voz, os mesmos beijos. Vem o carnaval, fantasiou-se de camponesa russa — que loucura! Para as noites de casa tem os romances emprestados, as revistas, os jornais dos hóspedes. Tem o rádio do vizinho também. É desgraçado de fanhoso, mas é rádio. Tem seu Alberto sempre amigo, sempre de violão, sempre animando-a:

— Que linda voz!

— Pelo senhor eu já estava no rádio, não é, seu Alberto?

— Por que não? Há muitas piores que lá estão.

Leniza confundia-o:

— Está ouvindo, mamãe? Piores.

Dona Manuela ria, ele ria também:

— É uma maneira de dizer.

— Eu sei!...

Dona Manuela achava que era preciso muito pistolão. Seu Alberto achava que seria bom ela tentar. Ir a uma estação, cantar para eles ouvirem... Voz tinha. Graça também. Quem sabe? Ia falando, falando... — a voz mole, arrastada, quase feminina. Dona Manuela insensivelmente dando corda:

— É, não é...

Leniza não ouve — sonha. Ela cantando. Ela ouvida pela mãe, por seu Alberto, pelo vizinho, por todo mundo.

Ela ganhando dinheiro, muito dinheiro, ela se vestindo bem, cotada à beça, com retrato nos jornais todos os dias. Seu Alberto só chama Leniza de senhora, de dona:

— A senhora também não acha, dona Leniza?

Leniza acorda:

— O quê?

— Que não há outra como a Carmen Miranda.

— Que dúvida!

Dona Manuela não acha. Gosta dela sim, mas gosta mais da Araci Cortes. Acha-a mais mimosa. Tinha-a visto no teatro, há muito tempo, poucos dias antes do marido cair entrevado, coitado. Muito mimosa. Seu Alberto ria:

— Qual, dona Manuela, a senhora está muito atrasada. A Araci é material da monarquia.

Dona Manuela dá um muxoxo de quem não acredita — que esperança! Leniza está longe outra vez. Cantar no rádio! Por que não? Ir lá, cantar para eles... Seu Alberto tinha razão. Ir lá. Tinha voz. Tinha jeito... Quantas piores? Acorda novamente — seu Alberto pergunta:

— Está com sono, dona Leniza?

— Ah! sim. É. Estou. Andei muito hoje — levanta-se, espreguiça-se: — Vou esticar os ossos — caminha, vagarosa, para o quarto: — Boa noite, mamãe. Boa noite, seu Alberto.

— Boa noite, dona Leniza. Também vou me indo. Descansar para o batente amanhã, como sempre para variar. Boa noite, dona Manuela.

— Não quer tomar nada, minha filha?

— Não, mamãe. Estou sem vontade.

— E o senhor, seu Alberto?

Seu Alberto, que já estava na porta do quarto, volta:

— Eu aceito um cafezinho para dar gosto a um cigarro, dona Manuela. Se não for incômodo para a senhora...

— Ora, seu Alberto!

— Ou prejuízo...

— Ora, seu Alberto!...

É o único hóspede que goza dessas e outras considerações.

Conquistou-as. É quase tido como uma pessoa da família. Dona Manuela, então, pede sempre conselhos a ele.

O sono custou a chegar para Leniza — ser cantora de rádio!... e quando acordou, no outro dia, não foi outro o seu primeiro pensamento — ser cantora de rádio!...

DR. OLIVEIRA DAVA POR TERMINADA a sua hora de consultas. Era moço ainda, pouco passava dos trinta, mas uma leve corcova e a fisionomia, vincada por duas fortes rugas e prejudicada por maus dentes, faziam que aparentasse mais idade. Tinha a preocupação um pouco exagerada de se vestir com apuro. Propôs-lhe um passeio de automóvel:

— Aceita?

Leniza aceitaria, mas respondeu que era impossível. Tinha ainda duas visitas para fazer.

— Não faça. Deixe para amanhã.

— Não. Não posso. Não é direito, Oliveira.

— Pode não ser, mas vamos.

— Não. Primeiro a obrigação. Só se quiser me esperar.

— Está bem, espero. Demora muito?

— Não. É um instante. Meia hora no máximo.

— Então, aqui ou na rua?

— Onde quiser. Tanto se me dá.

— Na esquina do Suíço, certo?

— Certo. Até já.

A limusine roda a meia marcha pelo Flamengo. A tarde está feia, enfarruscada, o mar cinzento, o Pão de Açúcar encoberto. Leniza trançou as pernas. As coxas comprimem-se, redondas, na saia estreita.

— Está um dia triste, não é? Parece que vai chover.

Estava deliciosa. O vestido muito simples, a boina virada sobre o olho esquerdo, a boca muito pintada, a carne dos braços nus, morena, arrepiada pela friagem. Oliveira não renunciara aos seus propósitos:

— Não há dias tristes para o amor, menina.

Ela sorriu:

— Você é que pensa!

— Penso, não. É verdade. Mas você não acredita...

— Isto é que é a verdade.

Ele esboçou um sorriso maldoso, de amante superior que se vê rechaçado:

— Você quer casar, não é?

Não o levou a mal. Respondeu-lhe com sinceridade:

— Não sei o que quero, Oliveira. Sei é que não quero o que você me tem proposto.

— Mas que diabo, então, você quer?

— Não acabo de dizer que não sei?

— Você é charada.

Falara áspero, olhando para a frente, segurando o volante com energia. Leniza admirava o seu perfil carregado, o nariz um tanto grosseiro, as fundas rugas que lhe cortavam o rosto. (Astério também nunca compreendera...) Dobrou-se para ele:

— Ficou zangado, coração? Não fique zangado...

Ele amoleceu com o doce olhar:

— Não... Não... Que ideia...

— Falou tão duro... — e tomou-lhe uma das mãos, puxou-a, ficou com ela presa entre as suas, no regaço quente.

A quentura sobe pela mão de Oliveira. Sobe como um fluido perturbador. Sobe pelo braço, vai subindo, subindo... Treme o coração minado de desejos. Mas a mão é obrigada a desprender-se para a alavanca de mudança. Leniza não repetiu o gesto e sem mais palavra chegaram a Copacabana. O automóvel para. Estão no Lido.

— Vamos tomar alguma coisa aqui?

— Vamos.

O bar com pretensões a normando está deserto. Um vento úmido, incômodo, vem do mar de ondas pesadas, ribombantes. Abrigaram-se numa mesinha do fundo. Leniza sentou-se, tímida, na ponta da cadeira, como uma pomba num beiral, exatamente como uma pomba.

— Que é que você quer? (está um pouco trêmulo, emocionado. Sente vontade de mordê-la, vê-la sofrer de amor, deixá-la exangue como uma pomba ferida...)

— O que você quiser está bem. (Leniza afundava os olhos nos olhos do companheiro — eram escuros, fugidios...)

— Um aperitivo? — e ele abaixou os olhos, como um culpado.

— A seu gosto. (...falsos? e o coração bateu tristemente.)

— Vermute italiano e francês.

O garçom curva-se mole, como um saco mal cheio:

— Dois, cavalheiro?

— Dois. E batatas fritas. Mas que estejam frescas, vê lá! Houve um silêncio, ajeitaram-se melhor nas cadeiras, Oliveira se acalmava, puxou a cigarreira. Leniza aceitou o cigarro, esfregou os braços:

— Está frio de pagode.

— E você tão à frescata assim...

— Eu estou precisando de um casaquinho mesmo. O meu está uma lástima, uma vergonha.

— Vou te dar um.

— E joias, casa, vestidos, não é? — e punha na voz um acento amoroso de zombaria.

— Você é durinha!...

— É uma defesa.

— Defesa de quê? — riu.

Fez um trejeito (de pomba!) com o pescoço:

— Eu cá sei.

Ele tomou-lhe as mãos, deu-lhe palmadinhas:

— Você, Leniza, é mesmo uma charada. Você irrita, facilita, mas não consente tudo. Não quer. Também não quer casar, não é?

— Mais ou menos...

— Parece ser uma coisa, não é. Parece querer uma coisa, não quer.

— Eu engano muito.

— Engana a você mesma. Porque, afinal, que é que você quer? Que é que você espera da vida?

Leniza exaltou-se:

— Espero muito, ora! Mais do que supões. Quero ser livre, Oliveira! Dispor de mim, você não compreende? Dispor de mim. Fazer o que entender.

— Ninguém é livre, Leniza. Tolice...

Fora-se a exaltação de segundos. Veio uma indolência brejeira:

— Então sou maluca, meu bem.

— Homem! Que não é para duvidar, não — rematou ele rindo.

*

Encontraram-se no outro dia no consultório. Oliveira perguntou, logo que ela entrou:

— A pasta está vazia?

— Nem uma amostra para remédio, felizmente. Acabei cedo com elas.

Oliveira abriu a gaveta da escrivaninha e tirou um embrulho:

— Então bote isto dentro e vamos a um cinema.

— O casaquinho?!

— É adivinha?

— Não. Você é que é burro!

— Obrigado.

— Desculpe. Saiu sem querer. Mas é verdade... — desembrulhou-o, numa alegria, achou-o lindo, maravilhoso!, mirando-o, remirando-o, experimentando-o. Era vermelho, de malha, botões dourados, a última moda.

— Você tem gosto, meu nego. Mas não repita.

— Ora, tem graça. Por quê?

— Porque não adianta.

— Você!...

— Desculpe outra vez. Eu hoje estou das desculpas. Mas não repita. Verdade. Não quero. Não aceito mais nada. Bastam os passeios, os cinemas. Vamos.

Oliveira saiu chocado. Leniza parou:

— Assim, não, Oliveira. Faça uma cara alegre. Você é uma sensitiva. Por qualquer coisa se abespinha.

— Mas não foi por qualquer coisa.

— Foi um conselho, Oliveira. Não adianta. Conserte a cara e vamos, se quiser.

Oliveira balançou os ombros, fechou a porta do consultório.

DONA MANUELA ACHOU O CASAQUINHO uma teteia, um verdadeiro encanto — muito mimoso.

— Uma pechincha, mamãe! Contrabando. Vinte mil-réis.

— Não é possível, Leniza!

— Vinte mil-réis.

Seu Alberto chegava, esfregando as mãos:

— Uma beleza!

— Vinte mil-réis. Com aquela saia e a blusinha de cambraia, fica uma uva.

Foi para o quarto dar um ponto na blusa; precisava mudar a gola por outra de renda, que já comprara. A porta ficou aberta, seu Alberto chegou, mas não entrou:

— Decorou a letra da canção, dona Leniza?

— Ah, seu Alberto! Não tive tempo. Mas é coisa à toa. Hoje mesmo eu decoro. Num instantinho eu acabo isto e vou para a sala esganiçar um pouco.

— A senhora vai longe. É só querer.

Leniza sorriu. Dentro do peito se agita a amargura que se recalcara — ser artista do rádio. Ultimamente, esforçando-se, caprichando, se exercitava muito com seu Alberto. Acompanhava nos jornais o movimento do *broadcasting* nacional. Sabia de tudo que se passava. Pensava em comprar um rádio a prestações. Mas com que roupa? Lembrava-se de Oliveira. Se ela quisesse...

MÁRIO ALVES FOI-LHE APRESENTADO por uma amiguinha num sorvete-dançante do Flamengo.

— Conhecia-a já muito de vista.

Achou-o supinamente antipático. Respondeu com indiferença:

— É?...

— Tem vindo aqui com frequência.

— Pão de ló de festa, não?

— Que direi de mim, então? Penso que faço parte do próprio salão.

— Pois eu não tenho nenhuma ideia de ter visto o senhor aqui — disse com pouco caso.

— É natural. Vive tão cercada de admiradores...

Riu forçada:

— O senhor é muito galante (e reparou bem — que gravata extravagante!).

A música tocou. Mário Alves curvou-se com afetamento:

— Dá o prazer?

— Estou comprometida... — balbuciou, correndo os olhos pelo salão, à procura de Oliveira, de qualquer outro. Não viu ninguém. Não teve remédio senão aceitar: — Pois não.

Saíram rodando, lentos. O saxofone chorava.

— Não sou um bom dançarino...

— Suspende a chapa. Está batida — interrompeu-o com evidente irritação.

— É verdade — riu ele. — Mas, sempre que sou apresentado a uma moça, não sei como encetar uma palestra.

— É timidez, talvez — insinuou ela.

A cara de Mário Alves dizia bem o contrário. Ele compreendeu-a:

— Agradeço a ironia. Mas a verdade é que uma apresentação é sempre espinhosa para mim. Não sei como começar. A culpa, talvez, não seja só minha. A maioria das moças é tão banal, tão fútil...

— Eu, uma delas.

— Bem sabe que não. Com a senhorita sou fácil em assuntos.

— Está se vendo.

— Em que mãos vim cair!...

— Posso garantir que do chão não passa.

A música parou. Palmas pediram bis com entusiasmo. A orquestra recomeçou. Eles recomeçaram. Era um *fox* meloso, derretido, com grandes solos de saxofone.

— Gosto do seu modo decidido, franco, moderno — disse Mário Alves. — Acredito que possamos ficar bons camaradas.

Reconheceu que estava sendo grosseira demais para com o rapaz. Outros mais antipáticos, muito mais cretinos... Encarou-o com falsa ternura, com essa denguice de salão.

— Por que não?

— Porque poderia não ter simpatizado comigo. Simpatia não se impõe — empregava um tom de humildade — e eu respeito muito este sentimento secreto e humaníssimo. Tolo é quem tenta se rebelar contra ele.

Ela abandonou-se definitivamente:

— Mas não é o que acontece agora.

— Como acreditar que o que esteja dizendo não seja também um pouco mais de uma gentil ironia?

— Acreditando.

— Sabe que não é uma resposta?

— É. Quem responde tudo certo é dicionário e eu não sou dicionário.

Ele gargalhou gostosamente, deu um volteio mais floreado e a música terminou. Palmas novamente pediram repetição. A orquestra atendeu.

— Continuamos, senhorita?

— Como quiser.

— Convido-a para um sorvete.

— Muito obrigada — e recusava por mera formalidade.

— Mas eu faço questão.

Se era assim, aceitava... Dirigiram-se para o bar. Leniza sentiu a obrigação de falar. Viu o anel no dedo dele e perguntou:

— O senhor é advogado?

— Sou (era contador).

— E tem muitas causas?

— Nunca tive nenhuma, senhorita. Nenhuma — e riu:

— Uma falta de vocação absoluta!

— Mas então o que é que o senhor faz?

— Vendo aparelhos de rádio. Ela se iluminou:

— Rádios?!

— Sim, rádios (que havia nisso de tão extraordinário, para tanto espanto?!) Tenho uma pequena casa distribuidora. Dá para viver.

— Quer dizer que o senhor conhece essa gente toda do rádio, não é?

— (Ah! parecia compreender...) Não há relação nenhuma entre uma coisa e outra. Mas conheço alguns artistas. Tenho também alguns amigos nas estações, na parte técnica, compreende? Na Rádio Metrópolis, por exemplo, o diretor é muito meu amigo. Por quê? Tem alguma pretensão?

Leniza pensava: *Caiu do céu!* — mas respondeu:

— Não. Não tenho nenhuma. Perguntei à toa. Pensava que essa história de rádio fosse tudo uma geringonça só.

— Não. Muito diferente (ela respondera com tal naturalidade... Teria se enganado na suposição?)

Leniza não o largou mais. E perguntou certa hora.

— Quem sabe se o senhor não está se prendendo por minha causa? Não faça cerimônia...

Mário Alves jurou que não. E como estavam na varanda, convidou-a para voltar ao salão, onde poucos pares (desfrutáveis) enlangueciam-se na ignomínia de um tango argentino. Foi quando Leniza viu Oliveira, que a procurava entre os dançarinos. Fez-lhe um sinal — que esperasse. Ele bateu com a cabeça, que sim.

— É amiguinha de José Carlos? — perguntou Mário Alves.

— Sim. Conhece-o?

— Há muitos anos. Fomos colegas de colégio. Mas nunca fomos muito amigos, não. Agora mesmo, nos limitamos a cumprimentos distantes, nada mais.

(Ele conhecera Oliveira em criança... Como seria Oliveira quando criança? Nunca lhe mostrara um retrato, nunca mesmo lhe falara da sua meninice, nunca lhe contara casos... Mário conhecera-o... Uma curiosidade...)

— Mas por quê? Ele é muito bom rapaz.

— São coisas. Não se consegue ser amigo de todo mundo. Não nos move a menor simpatia. Toleramo-nos cordialmente. Já é muito, sem dúvida.

— Pois deviam ser amigos.

— Pode-se dar o milagre. Mas duvido. Acho que é tarde demais. E, se não sou importuno, esperava por ele?

— Esperava.

— Calculei isto — e esforçou-se para dar à fisionomia uma expressão de contrariedade.

— Mas não é pelo que o senhor pensa.

— Não acredito (ligeiro relâmpago de alegria).

— Se duvida por gosto, regale-se. Mas é a verdade. Conheci-o há algum tempo, por acaso. Como ele é muito distinto, muito amável (frisava o "distinto", o "amável"), ficamos amigos. Passeamos juntos, às vezes, nada mais.

Ele ria, duvidando.

— Se quiser uma prova, continuarei com o senhor o resto da noite, tendo prometido, como viu, ir ter com ele logo que acabe esta música.

— Estou quase aceitando. Mas pelo prazer único de sua companhia...

— Pois está feito.

As danças duraram ainda mais uma hora. No galope final, Mário perguntou se queria que ele a acompanhasse.

— Não. Vim com uma colega e o irmão. Volto com eles.

— E quando nos tornaremos a encontrar?

Ela teve vontade de dizer: "Amanhã", mas disse:

— No próximo sábado.

— É quase uma eternidade.

— Invente quando, então.

— Amanhã.

— Amanhã é impossível.

— Segunda?

— Segunda.

— Onde?

— Na cidade.

— Marque o ponto.

— Avenida, esquina de Assembleia, na casa de meias, não sabe?

— Sei.

— Às cinco horas — e saiu voando atrás de Ângela e do irmão. Queria preveni-los de que voltaria com outra pessoa. A outra pessoa era Oliveira. Encontrou-o na porta, esperando por ela:

— Zangado?

— Não — franziu o nariz: — Chateado.

Ela deu-lhe o braço:

— Você me desculpe. Mas foi impossível, meu bem. O Mário Alves não me largava. Demais, franqueza, eu tinha um certo interesse.

— Qual?

— Isto é comigo, doutor.

— Mistérios, não é? Você está se revelando muito mais safadinha do que eu pensava!

— Se isto é ciúme, é besteira. Está me compreendendo, não está?

Oliveira calou-se até a limusine. Mas quando deu saída perguntou:

— De onde você conhece o Mário Alves?

— Deste mundo.

— Não consta que haja crápulas em outros mundos — retrucou Oliveira, queimado.

— Você que é viajado deve saber.

Ele virou-se com fúria:

— Você está me fazendo de besta, Leniza, e eu não mereço isto não. Marca um encontro, eu disse que vinha atrasado, mas vinha, chego, encontro você com outro, não larga o outro — não é ciúme, não! não tenho ciúmes de ninguém! — eu espero com a melhor boa vontade, te digo que o outro é um canalha...

— Chega, Oliveira, chega pelo amor de Deus! Você quer que eu desça?

Ele fechou os punhos, largando o volante:

— Eu quero é que você se capacite que não sou seu moleque! Que é que você pensa?!

Leniza pôs-se a chorar:

— Eu sou louca, Oliveira. Eu sou louca! — tombou para o lado dele, escondendo o rosto nas mãos: — Perdoe, Oliveira. Eu sou louca!...

Oliveira viu o ônibus em cima dele. Guinou para um lado, guinou para o outro, freou violentamente o carro, quase sobre um poste — respirou: "Uf!"O chofer do ônibus, de passagem, despejou-lhe furioso:

— Olhe para a frente, barbeiro!

— Buzine, cachorro! — respondeu Oliveira no mesmo tom.

Leniza estava branca, muda, paralisada.

— Escapamos de boa.

— E era minha a culpa — gemeu ela. Estava desfigurada.

Oliveira penalizou-se:

— Vamos até lá em casa.

Virou o carro e tocou para a Esplanada do Senado, onde tinha um pequeno apartamento. Leniza deixou-se levar, as lágrimas escorrendo. O abajur iluminava fracamente o cômodo, que fazia de quarto, sala e escritório. Leniza abandonou-se no sofá de molas frouxas. Oliveira foi à outra peça, que era o banheiro, voltou com um copo:

— Beba.

— Que é? — perguntou fracamente.

— Um calmante. Vamos, beba.

Leniza engoliu de um trago. Oliveira pousou o copo na minúscula escrivaninha, foi sentar-se ao lado dela. Não guardou dois segundos de silêncio. Não se aguentava. Amor, alegria, cólera, tristeza, despeito — sente o peito cheio, angustiosamente oprimido por um mundo confuso de sentimentos. Precisa esvaziá-lo. Começa:

— Leniza, você não é louca, nada louca. Nenhum louco se acha louco... Mas é incompreensível, sem controle, sem direção, disparatada. Tudo em você é contraditório, inconsequente, ilógico, absurdo. Sente que está sendo ilógica, inconsequente, absurda, mas não se importa, não se trava — quer falar, quer se abrir, quer se esvaziar como um alívio: — Qual o motivo de você recusar presentes meus, e aceitar beijos de qualquer desconhecido? (Ela levantou para ele os olhos vermelhos, molhados, numa pergunta.) Eu sei de tudo, Leniza. Eu me informei bem, Leniza. Sei toda a sua vida, tão bem quanto você mesma.

Leniza, escondendo o rosto, caiu em pranto novamente. Ele abraçou-a:

— Leniza!...

Refugiou-se no magro peito do amigo. Oliveira encostou o rosto no cabelo dela, um cabelo sedoso, dum castanho fino, perfumado — perfume que impregnava obcecadoramente seus sonhos. Sentia o redondo quente dos seios sacudidos pelos soluços, que o sacudiam também. Alisou-lhe as costas. As palavras vieram, escorreram sem que ele sentisse:

— Você sofre, Leniza. Sofre muito. E por quê? É moça, é linda, é boa. Podia ser feliz. Tem direito à felicidade. Podíamos ser felizes, Leniza. Eu vivo sozinho, assaltado por todas as fraquezas, sem um apoio, sem um limite... Por que não? — e uma grande vontade de ser sincero apoderou-se dele, fazia talvez parte do mundo confuso que queria esvaziar: — Eu te menti, Leniza. Prometi joias, vestidos, casa, viagens, tudo, e bem pouco poderia te dar. Não tenho nada. Uma clínica pequena e encrencada, um empreguinho miserável, uma incapacidade incrível para conseguir mais. Há dez anos que eu vivo nisso, sem subir um palmo, sem adiantar um passo (filho único, como os pais — mortos — se sacrificaram para que ele se formasse!) Tenho um automóvel de segunda mão, me visto com alguma decência, porque a clínica obriga, porque a posição obriga, porque dá aos outros uma ilusão que me envaidece, que me consola. Mas só Deus sabe o trapézio em que me equilibro para arrastar a mala. Mas poderíamos ser felizes, Leniza. Um pouco de sacrifício...

Leniza soltou-se do peito dele, atirou-se para o outro lado:

— Não, Oliveira! Não fale, Oliveira!

Oliveira calou-se. Veio-lhe um arrependimento fundo, doloroso, por ter falado demais, por ter-se aberto demais. Veio-lhe o vexame de se ver recusado, recusado por uma moça como aquela, leviana, inferior, doida... Veio depois, mais forte que tudo, uma compaixão por aquele corpo tão belo que ao seu lado se sacudia, infeliz, sucumbido. Abaixou-se, ergueu-a:

— Que é isto, Leniza?... Que é isto?...

Ela enroscou-lhe os braços no pescoço, beijava-o, beijava-o. Ele, com dificuldade, levantou-a nos braços, pousou-a na cama:

— Dorme um pouco.

Ela não lhe quis largar a mão. Ele ajeitou-se ao seu lado. Leniza fechou os olhos, em pouco dormia. Oliveira ficou olhando-a: o peito arfava, subindo e descendo, num ritmo brando e igual. Os seios quase que saíam pelo decote largo. Estava sem meias. Via além das pernas nuas e raspadas, o moreno das coxas se mostrando sob a saia arregaçada. Um perfume de carne cansada, suada, subia dela, irresistível (e porque lhe acudiu, naquele instante, com tanta força, tanta impetuosidade — cheiro, cor, calor! — a lembrança do perdido corpo de Alcina, a primeira mulher que...?!). Encostou-se mais contra o corpo abandonado — cheiro, cor, calor! — um comprimido desejo o consumia.

— QUE HORAS SÃO?
Ele olhou para o pulso:
— Passam quinze das onze.
— É tarde, Oliveira. Preciso ir.
Levantou-se, ficou sentada na cama, sem coragem, fugindo ao olhar dele. Oliveira sumiu no banheiro, voltou penteado. Ela já estava em pé, se arranjando:
— Estou com os olhos muito vermelhos?
— Um pouco.
— Vou molhar o rosto, posso?
— Vem.
Levou-a ao banheiro, deu-lhe sabonete, apanhou uma toalha limpa no armário. Ela encheu a pia, mergulhou o rosto demoradamente, dobrando-se, retesando as nádegas rijas. Oliveira, encostado ao portal, olhava-a. O corpo curvado mostrava uma elasticidade perfeita, maravilhosa, tinha qualquer coisa de animal, de égua de corrida, de ancas duras e lustrosas — era um perturbador convite! Ela ergueu-se, enxugou-se, pôs a mão na porta, pediu com uma ponta de vergonha:
— Posso fechá-la por um minuto?

— Por quantos quiser — respondeu ele rindo.

Foi para o sofá, acendeu um cigarro e a mão tremia um pouco. Ela não tardou. Enfiou o chapéu, pegou a bolsa, as luvas:

— Estou pronta.

O motor não quis pegar. Oliveira desceu, meteu a manícula, rodou — nada.

— E esta agora! — deu mais algumas rodadas sem resultado, desistiu: — Para fechar o dia, não está mal. Desce, Leniza. Vamos tomar um táxi.

Leniza sentiu em tais palavras qualquer coisa contra ela. Num suspiro, desceu:

— Não. Vamos de bonde mesmo — e procurou o braço franzino de Oliveira.

— Não seria melhor tomarmos algum troço? — propôs ele ainda ofegante.

— Não. Não quero nada, Oliveira. Agradecida.

— Vamos, sim. Ali há uma leiteria decentezinha. Você deve estar fraca.

Ela bebeu meio copo de leite, trincou um biscoito de polvilho, queixou-se de dor de cabeça, ansiosa por sair dali. Via-se olhada com insistência, com impertinência. Eram os olhos vermelhos, os olhos inchados... Chamavam a atenção. Pensou nos bondes a tomar, pensou nos passageiros. Todos a olhariam. Malditos olhos vermelhos, malditos olhos inchados! Não pôde resistir:

— Não fique zangado, Oliveira. Mas vamos de táxi mesmo, sim? É um grande favor que você me faz.

ERA A PRIMEIRA VEZ que ele a levava em casa.

— Manda parar na primeira esquina. Automóvel não sobe. Ele despachou o táxi:

— Mas subo eu.

Leniza sentiu-se mais à vontade, mais segura de si, naquela escuridão tão sua conhecida:

— Pois tenho pena.

Ele afundava os pés em buracos invisíveis, prendia-os nos vãos das pedras. Ela deu-lhe a mão:

— Guie-se por mim. Sou formada neste precipício.

Os passos vagarosos ecoavam, lúgubres, secos. Vinha distante, doloroso, um apito de trem.

— É triste, não é?

— Um pouco.

— Bastante. Mas ao menos de noite tem uma vantagem: não se vê como é imunda.

As casas, velhas, tortas, desalinhadas, dormiam. Nenhuma janela acesa, nenhuma luz pelas frinchas. Os lampiões silvam. Os olhos do gato riscam no escuro, verdes, demoníacos. E os passos ecoam, sinistros, secos, vagarosos. A ladeira fazia uma curva.

— Passamos do meio, Oliveira. É o famoso "cotovelo".

Ele parou.

— Cansado?

— Não. (Arfava ligeiramente.)

Puxou-a. Como se esperasse por aquilo, ela entrou passiva nos seus braços, entregou a boca a um beijo que não acabava mais. O mundo se iluminara. Uma impressentida aurora tomava o céu. E o céu descia até eles, envolvia-os, entontecia-os, com uma música nova para os seus sentidos. Largou-a por fim:

— Você gosta de mim, Leniza?

— Gosto, sim, Oliveira. Gosto muito. (Como era sincera!)

— Muito! Mas volta daqui. Subo o resto sozinha. Até amanhã — e empurrou-o.

Ele estava relaxado, não insistiu em mais nada:

— Está bem, volto. Até amanhã.

Como tencionava voltar cedo, não levara a chave. Bateu na janela:

— Mamãe! Mamãe!

Dona Manuela abriu a porta:

— Voltou tarde, Leniza. A festa não acabava às nove horas?

— Acabou, sim. Mas fiquei em casa da Ângela, deitada, repousando. Nem queriam que eu viesse. Mas fiquei com medo da senhora se assustar.

— Mas o que é que aconteceu? — perguntou dona Manuela, aflita.

— Peguei uma enxaqueca-monstro!

— Mas você nunca teve isto!...

— Uma vez é a primeira. E eu acho que foi de uns doces que comi, porque só me animei quando pus tudo para fora.

— Vive comendo porcarias na rua. É no que dá. Vou fazer um chá de erva-cidreira. É muito bom.

— Não, mamãe. Não precisa. Já tomei um outro lá. De que foi é que não sei, mas fez o seu efeito. Agora o que eu preciso é de cama.

NÃO FALTOU AO ENCONTRO combinado com Mário Alves. Quando chegou, ele já estava, muito penteado, sem chapéu, terno dum cinzento espalhafatoso. Jogou fora o cigarro, avançou para ela:

— Pensei que não viesse.

— Não costumo dar bolos.

— Onde vamos?

— Estou ao seu dispor (mas que gravatas me usa este cara!)

— Vamos ao bairro Serrador escolher um cinema. Serve?

— É boa ideia.

Foram descendo a avenida, sem pressa, conversando.

— Sabe que fiquei muito impressionado consigo?

— Para bem ou para mal?

— Para bem, ora essa!

Fez um gesto de dúvida:

— Verdade?

— Verdade. Desde que a deixei no sábado, não tenho tido um minuto que não lhe seja dedicado.

— Faz pouco proveito dos seus minutos.

— Com que intenção me diz isto?

— Com nenhuma, ué!

— Sério?

— Preciso jurar?

— Não. Não precisa. Mas é que podia ter.

— Não imagino qual.

— Podia ter intenção, digamos, de avisar que não havia outra intenção por parte da senhorita.

— O quê?! Troque isto em miúdo. Está muito complicado.

Ele ficou um pouco ruborizado, riu forçado:

— Tem razão. Não me expliquei bem. Vou-me explicar melhor. Insinuando que eu fazia pouco proveito dos meus minutos, por passá-los a pensar em si, podia ter a intenção de me desesperançar, de me avisar que tinha compromissos.

— Ora, Mário Alves, francamente!... Então você acha que se você não me interessasse eu lhe concederia algum encontro? (dizia para dentro: "Que grande burro!").

Ele se abriu num sorriso, mistura de satisfação e vaidade. Os cinemas surgiram sob as cores dos cartazes. Fizeram fé na fita do Palácio, uma revista — *Pernas e Sorrisos*. Entraram no meio da sessão, guiados pela lanterninha da indicadora. Pela primeira vez ele chamou-a de Leniza:

— Quer mais na frente ou mais atrás, Leniza?

Ela foi pronta:

— Por enquanto não quero nada.

Mário Alves viu tudo claro, claríssimo — acertei! Puxou-a pelo braço:

— Vamos para os balcões.

Mas nada lhe valeu tê-la levado para os balcões, quase desertos. Leniza fugiu às menores investidas. Censurou-o de uma feita:

— Sossega. Deixe eu ver a fita.

Afinal, repelindo a mão dele, que se insinuava, deixou-lhe, a ele que já se desconcertava, uma esperança remota, que o acalmou até o fim:

— Devagar com o andor para não quebrar o santo.

Saíram com a noite caída. Ventava levemente, tepidamente. Convidou-a para um refresco, que ela recusou:

— Muito obrigada, já é tarde. Mamãe está me esperando para jantar.

— Se é assim, não insisto. E vou levá-la em casa, então.

— Não. É incômodo demais. Muito obrigada.

Ele forçou, ela tornou a recusar. Preferia ir sozinha. Mário Alves não insistiu mais:

— Se é assim...

— É assim, sim, mas não precisa fazer esta cara — e estendeu-lhe a mão, com um ar brejeiro de ralho: até amanhã.

— Amanhã, onde? — perguntou quase com sofreguidão.

— Em lugar nenhum. Até depois de amanhã no mesmo lugar, à mesma hora.

— Por que não amanhã? — perguntou meio desconsolado.

— Porque tenho medo. Você é terrível.

E saiu apressada, pisando firme, voltando cinco metros depois, sorrindo, para dizer-lhe adeus com a ponta dos dedos. Ele esperava o adeus esfregando as mãos.

PASSOU-SE UMA SEMANA de chuvas consecutivas. Com o tempo assim o trabalho de Leniza tornava-se bem duro. Só o fato de sair de casa já constituía um sacrifício. A ladeira é uma cascata. Descia, procurando um caminho melhor, rente às paredes, em saltos arriscados, pisando pedras escorregadias. Quando chegava embaixo era um alívio. Não tinha coragem de voltar para almoçar. Consolava o estômago de maneira barata nos bares automáticos, atravessava o dia com os pés encharcados, pois não suportava o uso de galochas. Por duas vezes encontrou-se com Mário Alves. Refugiaram-se em cinemas. Mário Alves progrediu. As noites passou-as em casa, cantando até tarde, seu Alberto, no violão, acompanhando-a, corrigindo-a, incentivando-a.

Ia para o quarto, afinal. Apitos surdos vêm do mar como angustiosos pedidos de socorro (é assim nas noites de chuva ou de cerração, mas jamais se acostumou com eles. O coração fica pequeno, medroso, quando os ouve, e a imagem que lhe trazem é sempre a mesma: gente gritando, gente de braços para o céu, implorando, querendo fugir da morte, mas morrendo sufocada nas ondas, nas ondas, nas ondas...). E o barulho da água escorrendo da pedreira, diminui, cresce, diminui novamente — não para. O quarto está mais fresco. A pedra molhada atira nele um sopro frio, úmido. O frio convida ao sono, mas não dorme logo. Fica, de olhos no teto, pensando: por que a sua vida um dia não virará?

O SOL VEIO, AFINAL, num esplendor exagerado. E com ele Leniza recebeu, na hora do almoço, um bilhete trazido por um mensageiro. Escrito à máquina, não trazia assinatura, quatro palavras apenas: "Por que não aparece?" Como nunca recebiam cartas, dona Manuela ficara impressionadíssima:

— Que é, Leniza? Que é?

Leniza dobrou o papel, olhou para a mãe:

— Um médico.

Num relance, dona Manuela viu com alegria o futuro garantido da filha — um médico! Viu-a casada. Viu-a casada, cercada de tudo, honrada, respeitada, feliz. Viu claramente tudo. Um médico! Perguntou por perguntar:

— Gosta de você, não é?

Leniza meteu o bilhete na pasta (para rasgá-lo mais tarde na rua):

— Não, minha mãe. Pede amostras.

Dona Manuela ficou zonza, no ar. Leniza enfiou a boina e saiu:

— Talvez chegue tarde, mamãe. Até logo.

Não havia ninguém na sala de espera. Bateu de mansinho na porta. Oliveira recebeu-a com um olhar turvo, não lhe apertou a mão. Leniza sentou-se na cadeira dos clientes:

— Aqui estou.

Oliveira fechou a porta à chave:

— Estou vendo.

— Tem bons olhos.

Oliveira comprimiu os lábios num ricto de ódio, sentou-se:

— Parece que eu tenho direito a uma explicação.

— Que explicação?! — perguntou Leniza com fingido espanto.

— Não se faça de boba — deu um murro na mesa: — Por que é que não tem vindo cá?!

— Porque...

Interrompeu-a brutalmente:

— Não minta! Pelo amor de Deus, não me minta!

Leniza estava calma:

— Não ia mentir, Oliveira. Não tenho vindo porque não tenho querido. Sou senhora do meu nariz.

Oliveira perdeu a cabeça:

— O que você é, é uma grande vagabunda! Isto é que você é! Eu tenho te seguido, ouviu? Eu tenho te seguido!

Leniza levantou-se, caminhou para a porta:

— Quem segue vagabundas, não fica atrás. É o que tenho a dizer. Passe muito bem!

Oliveira levantou-se também, os olhos terríveis:

— Leniza!

Era quase um grito, mas Leniza, surda, deu volta à chave.

— Chega de pantomima. Pantomima é bom no circo.

Não esperou pelo elevador que subia. Disparou pela escada, caiu na rua, esbaforida. A tarde estava linda! Que sol! Que harmonia no céu! Que leve era o ar! Respirou fundamente. Uma frescura macia encheu-lhe os pulmões, o corpo, a alma. Sentiu-se leve como o ar. Leve, aliviada. Uma doce piedade pousou-lhe no coração, como borboleta bondosa que pousasse numa flor morta e sem perfume. Pobre Oliveira!... Como ele a amava... Foi andando. Os homens viravam-se para ela. Não via os homens. Via o céu, via o sol, aliviada, aérea, leve, como se fizesse parte de um mundo perfeito.

*

No dia seguinte, logo cedo, ao descer para o emprego, deu com a limusine de Oliveira parada ao pé da ladeira. Ele abriu a portinhola, ela entrou.

— Está atrasada?

— Não. Estou no meu horário.

— Entra às oito, não?

— Em ponto. Você não sabe?

— Sim, sei. Temos ainda meia hora.

Arrancou o carro. Estava pálido, a barba malfeita, os olhos levemente injetados. Leniza começou, afivelando as correias da pasta vazia:

— Mais calmo?

— Completamente.

Ela aplicou mais os olhos no seu trabalho:

— Pensei muito em você.

Houve uma pausa. Leniza voltou:

— Não acredita?

Oliveira não respondeu. Ela perguntou:

— Está com preguiça de falar?

— Pelo contrário. Tenho muito que te falar.

— Não parece.

A limusine rodou duzentos metros, parou no sinal fechado. Oliveira falou com dificuldade.

— Fui brutíssimo ontem com você.

— Só ontem? — insinuou Leniza fracamente.

— Ontem fui mais. Estava alucinado. Fora de mim. Nem sei como foi aquilo. Parece que foi um pesadelo. Nunca pensei...

Ela cortou-o:

— Não falemos mais nisto. Põe uma pedra em cima. O que passou, passou.

— Mas eu preciso falar.

— Não vejo precisão alguma.

O sinal abriu, Oliveira pisou o carro:

— Mas eu vejo, Leniza.

— Pois então, fale.

— Não podemos ficar assim, Leniza. Não podemos continuar assim — e a voz era apaixonada.

— Assim como?

— Assim, Leniza, assim — respondeu com a voz serena.

— Para que este fingimento? Por que não usa de franqueza? Por que você foge?

O carro ia a passo pela Glória. Os canteiros floriam. As árvores tinham grandes, frescas sombras. Leniza encostou-se à portinhola, pôs um braço para fora, balançava-o — sim, por que fugia? Por que não decidia logo o seu destino, talvez a sua verdadeira felicidade, a felicidade que a mãe sonhava para ela?

Bastaria um gesto, uma palavra, talvez um só olhar...

— Responda, Leniza.

Foi arrastada pelo outro "eu" que havia nela, um "eu" mais forte que ela mesma:

— Não é bom voltar daqui? Olhe a minha hora...

— Hoje você não vai trabalhar. Ela endireitou-se na almofada:

— Você está maluco?

— Não. Não estou. Mas não vai.

— Vou, sim! Eu nunca faltei ao emprego.

— Faltará hoje.

— Já disse que não.

Oliveira fincou o pé no acelerador. Leniza, derrotada, condenou-o:

— Não devia fazer isto.

— Vamos para o Silvestre.

Leniza fechou a cara, ficou muda. Ele também. O carro voava, precipitava-se nas curvas.

— Para, Oliveira. Deixe ao menos telefonar avisando.

— Eu telefono por você, não se incomode.

Estavam nas Laranjeiras. Um ar de passado senhorial dormia nas fachadas patinadas, nos jardins ao gosto antigo. Encostaram num café novo e deserto.

— Vamos tomar café, menina.

— Não quero. Já tomei.

— Mas eu ainda não.

Leniza saltou sem vontade, sentou-se na primeira mesinha, batida pelo sol fraco da manhã, que mal rompia o arvoredo da rua. Oliveira pediu uma média e foi para o telefone, avisou que ela faltaria, estava adoentada, iria no dia seguinte se estivesse melhor. Quem transmitia o recado era o padeiro. Responderam que estava bem, desejavam prontas melhoras.

DESCERAM NO ALTO DO ASCURRA, sentaram-se na balaustrada do caminho. Lá embaixo a enseada de Botafogo, o Flamengo, a massa do casario, a fita das praias de Niterói, o Pão de Açúcar, as ilhas e as embarcações refulgiam ao sol. Pássaros cantam. Insetos zumbem. Flores silvestres desabrocham no entrelaçado do mato, onde as folhas ainda guardam a boa umidade noturna. Rumores de água, gritos, vozes, latidos chegam de pontos vários. Perfumes agrestes embalsamam o ar. Uma alegria tranquila, que vem da paisagem, que vem das coisas, penetra em Leniza. Ele também está calmo. Passa o braço pelas costas dela, puxa-a contra o peito, onde ela se acomoda, mole, plácida, protegida. A vida poderia acabar ali.

— Eu tenho tanta coisa para te falar, que nem sei por onde principie — dizendo isto, Oliveira procurava vencer a preguiça que o invadia, preguiça de revolver o coração. (Quando era menino, ao ser acusado de alguma falta, mesmo inocente, não se defendia — invadia-o uma idêntica preguiça, uma sensação de inutilidade, a certeza de não ser compreendido, preferia ser castigado.)

Leniza escorreu uma das mãos para ele, acariciou-o:

— Então não principie. Mesmo, é inútil. Eu sei tudo que você quer me dizer, que você tem a me dizer.

— Tudo?

— Hum, hum... — fungou, franzindo o nariz.

Ele emudeceu largo tempo, numa grande felicidade. A manhã sobe com o sol, dissipa as últimas névoas errantes. Sobe o trem do Corcovado, atroando, pelo viaduto. Há cantos de galos. Pequenas borboletas amarelas, grandes borboletas azuis saem do mato, em voos inconstantes. Tremem as sombras das folhas pelo chão.

— Você disse que pensou muito em mim. Muito o quê?

— Muita coisa, ora — e ela teve um requebro.

— Diga alguma.

— É difícil.

— Difícil, por quê?

— Porque é.

— Não é resposta, Leniza.

— Sei que não é, mas não sei dar outra, não tenho coragem de dar outra, que é que eu posso fazer?

— Não sei.

E ela convidou-o para andar:

— Vamos. É melhor — e puxou-o pela mão.

Ele não resistiu. Caminharam pela estrada. Oliveira dava-lhe o braço, mas ia calado, tristonho, olhos no chão. Levantou-os:

— Estou vendo que nunca conseguiremos nos explicar, Leniza. Que seremos sempre assim, um para o outro: inconfessáveis. Que continuaremos sempre assim: pela metade. E no entanto nos amamos. Eu pelo menos te amo, Leniza. Muito, muito!

— Eu também te amo, Oliveira, e Leniza parou: — Te amo muito. (Oliveira se iluminava.) Mas é melhor que fiquemos sempre assim.

Ele exaltou-se:

— Mas por quê, Leniza? .

— Voltas ao círculo vicioso? Para quê? É loucura minha, talvez, mas sempre será assim. Será melhor assim — e entregou-lhe a boca com um sorriso: — Um beijo, amor.

Oliveira caiu-lhe nos lábios como num poço sem fundo.

LENIZA CONFESSOU A MÁRIO Alves que o seu grande sonho era ser cantora de rádio.

— Mas você sabe cantar? — perguntou meio desconfiado.

— Bem, não digo. Mas entoo — respondeu ela rindo.

— Ah! — fez ele com alívio, e mudou de assunto.

Como dois dias depois Leniza dissesse a mesma coisa, ele perguntou-lhe, se tinha tanta vontade, por que não ia se submeter então a uma prova numa estação qualquer. Ela respondeu que já não tinha ido porque achava que era difícil.

— Mas não tem nada de difícil. Você vai, se inscreve, é chamada, faz a prova. Não há nada mais fácil. Se agradar, fica.

— Como amadora?

— Isto eu não sei ao certo. Não estou muito a par das engrenagens radiofônicas. Mas penso que no princípio não pode ser de outra maneira. Também seria muita canja.

— Não serve.

— Mas então você quer entrar logo ganhando?

— É lógico.

— Pode ser...

— Se você vende rádio com esta mesma pouca fé, deve estar passando fome: não consegue empurrar nenhum.

Ele soltou uma boa gargalhada. Depois:

— Mas para que gastar otimismo falando de uma coisa em que eu não tenho nenhum interesse?

— Mas eu tenho!

— Ah! percebo... Queres ir de tabela... Eu sou a tabela, não é? O cavalinho... (ah! bem ele desconfiara...)

— Você se acha bom cavalinho?

— Talvez seja — semicerrou um olho: — Mas pergunto uma coisa: você só tem mantido relações comigo com este fim?

— Que ideia, Mário Alves!...

— Pensei.

— E se fosse como pensava, que é que você fazia? — perguntou zombeteira.

— Não fazia nada, ou por outra, procurava ajudar.

— Então pode pensar como quiser.

— Tudo tem seu preço... — e ele riu com intenção.

— Não te incomodes, que eu pedirei a conta.

— Mas vem cá, me diga: como é que se meteu na tua cabeça a ideia de que eu pudesse te ajudar?

— É uma história danada de comprida, Mário. Mas é engraçada, palavra. (E riu.) Partiu de seu Alberto a ideia de eu cantar no rádio. É um hóspede de mamãe, um pobre homem, muito bom, que você ainda há de conhecer. É um anjo de homem mesmo. Ele toca violão, Mário. Cantei uma vez para ele, faz tempo. Não me deixou mais. Achava que eu devia ir para o rádio. Vive até hoje me animando. Achava o mesmo que você: que eu devia ir lá, mostrar as qualidades etc. e coisa. De tanto seu Alberto falar, a ideia criou raízes em mim. Mas criou raízes de sonho, Mário, não sei se você me entende. (Sim, entendia, disse ele. Mas a verdade é que não entendia nada.) Sonho puro, sabe? Nunca passou de sonho. Via a realidade tão longe como ser rainha da China. Mas servia para me martirizar. Você pode rir (ele ria sim: que fenômeno eu fui arranjar!), mas é verdade. Fez nascer em mim um plano de vida, que se não se realizasse, eu arrebentaria. Mas não dava um passo para pô-lo em prática. Quantas vezes pensei em entrar por uma estação adentro, falar com o diretor, cantar para ele ouvir? Mas era um troço inexplicável, Mário. Eu, que sou capaz de golpes horríveis, nunca aguentei a hipótese de ir lá sozinha, ir pelos meus pés, pela minha iniciativa. Conheci vários rapazes que podiam talvez dar um jeito para eu chegar até o microfone. Mas adivinhava que o máximo que me conseguiriam era uma beirada como amadora. Não servia. Não fazia parte do meu plano. Meu sonho era melhor. Poderia ficar com ele e bolas para os rapazes! Também se vive de ilusões. Você está rindo? Não me importo, não. Pode rir à vontade.

— É muito engraçado tudo isso.

— (Que idiota!) Pode rir, já disse. É engraçado mesmo. Sou a primeira a achar. Mas deixe eu continuar. A história não fica aí. Tem mais. Quero te contar tudo. Nunca fiz fé com nenhum deles, o Oliveira inclusive. Mas com você foi uma coisa engraçada. Eu me simpatizei com você, mas estava nervosa naquele dia. Foi por isso que te tratei meio assim no princípio, lembra? Quando você me disse que vendia rádios, eu perguntei logo se você conhecia o pessoal de rádio. Você me respondeu que conhecia mais ou menos, tinha relações, lembra-se? Respondeu de tal modo, que eu me senti boa, outra! Verdade. Outra! Vi o sonho realizado! Vi, Mário! Eu sou fingida, Mário. Se não fosse fingida estaria tudo perdido. Me contive. Você havia de achar muito besta que uma moça no primeiro dia de conhecimento te pedisse um favor dessa espécie. Haveria de rir, desfrutar, não dar importância. Me contive.

— Quer dizer que você, tal como eu pensava, cultivou a minha amizade unicamente com este fim.

— Que havia de fazer? Anjos não caem do céu todos os dias...

— Mas você ainda há pouco disse que não.

Ela fez-se séria:

— Menti, Mário, menti.

— Ainda bem que confessa — riu ele.

— Mas você não pode negar que eu tenho sido boa camarada. Se comecei com más intenções, acabei gostando de você de verdade.

— É difícil acreditar...

Ela respondeu com um sorriso:

— Também, Mário, não minto a toda hora.

— Você?!...

— Está se vingando, não é?

— Não. Estou gozando.

— É o mesmo. Não há diferença. (E pensou: Que idiota!)

— Você é uma boba, Leniza. Vamos ver o que posso fazer por você. Vou falar com o Porto, da Rádio Metrópolis. Ele é muito meu camarada. Havemos de dar um jeito. (Valia qualquer sacrifício, pensava, correndo os olhos pelo corpo dela.)

FOI UMA NOITE SERENA. Leniza sente-se segura do seu destino. Seu Alberto veio com o violão, sentou-se na cadeira habitual, correu os dedos magros pelas cordas, convidou-a com um virar de cabeça — vamos? Vamos, como não?

Mas antes tinha uma novidade para ele. Uma novidade do barulho! Seu Alberto estava querendo adivinhar.

— Será o que eu penso, dona Leniza?

— É, é... — ria, caindo para trás na cadeira: — Deve ser, seu Alberto.

Ele exultou sinceramente:

— Mas como foi, dona Leniza? Como foi? Conte.

— Ainda não foi, seu Alberto. Mas está quase. Por um nadinha.

Seu Alberto queria saber tudo. Estava ansioso. Contasse. Tinha se apresentado como ele aconselhara? Tinha? Como fora? Ficou sabendo que ela não se apresentara — ia ser apresentada. Tinha um bom pistolão. Um senhor muito conhecido, de muita influência.

— Mas é certo, dona Leniza?

— Batata, seu Alberto! Um golpe alucinante! Por todo este fim de semana estou dentro da Metrópolis.

Chegava dona Manuela, que fora entregar roupa lavada à caixeirada de seu Gonçalves.

— Já sabe da grande novidade, dona Manuela?

— Se sei! Desde que chegou não fez outra coisa senão me fuzilar os ouvidos com essa maluquice.

— Mamãe não faz fé, seu Alberto. Tipo da desanimada.

— Não ligue, dona Leniza. Não ligue. Toque pra frente. Depois, vai ver, é quem ficará mais boba. Ouça o que estou dizendo.

Dona Manuela insistia de cara alegre:

— Maluquice, seu Alberto! Maluquice! E o senhor é muito culpado. Vive dando corda, inventando novidades...

Seu Alberto deu uma gargalhada, depois fez uma cara séria:

— As senhoras me desculpem, mas eu estou agora com um negócio cá dentro que está me fazendo espécie. Por que razão não me disseram nada na hora do jantar?

— É história de Leniza, seu Alberto! — apressou-se dona Manuela a se escusar. — É história de Leniza. Ela me pediu segredo. É lá com ela. Não tenho nada que ver com isso. Entendam-se os dois.

— Eu queria fazer uma surpresa ao senhor, seu Alberto. Não fique zangado. Queria que o senhor só soubesse quando me ouvisse. Mas não aguentei, seu Alberto. Estava com cócegas na língua. Não fique zangado. Foi o que aconteceu. Verdade.

Zangado? Elas é que deviam se zangar com a tola pergunta dele. Elas é que deviam ficar aborrecidas, e com toda razão. E seu Alberto se desculpava, envergonhadíssimo, humilíssimo. Leniza chegou-se para perto dele, passou-lhe a mão pela cabeça precocemente grisalha:

— Não tem nada que se desculpar, seu Alberto. Tem é de me acompanhar. Preciso acertar umas músicas.

Seu Alberto, jorrando alegria, atacou as cordas:

— É como diz, dona Leniza. É preciso acertar tudo direitinho para fazer bonito. A senhora já escolheu o que vai cantar? Seria bom acertar logo e ir batendo.

— Já escolhi mais ou menos, seu Alberto. Para a prova, bem entendido. "Promessa de malandro", "Não te dou perdão", "Chegou a Aurora".

— Só?

— Ah, me esqueci. "Sou uma ave noturna", também. Parece que chega.

— Eu, como a senhora, preparava mais algumas. Sempre era bom. Mesmo a senhora repare que só escolheu sambas.

— Truque... Não desconfiou? É o que eu canto melhor...

— Protesto, dona Leniza! Protesto! A senhora canta tudo muito bem. A senhora não acha também, dona Manuela?

Dona Manuela achava que sim.

Seu Alberto reforçava:

— Deve cantar uma marchinha e uma valsa-canção também. Mostrar que sabe cantar tudo. Abafar os homens logo de saída!

— Pois que seja. O senhor é quem manda. Cantarei o que o senhor quiser. Uma ópera até!

FOI UMA TARDE FELIZ. Não eram três horas ainda e Leniza se viu livre das suas amostras. De bolsa vazia bateu para o consultório de Oliveira. Estava às moscas. Ele troçou, com certa amargura, da clientela cada vez mais mambembe. Ela deu esperanças de melhora: que homenzinho!... Roma não se fez num dia! Ele lembrou-lhe a letra do *fox* em voga: "É tarde demais". Felizmente tivera um chamado logo pela manhã, por causa do qual nem fora ao hospital. E, caso raro, caíram com trinta mil na sacola ali na bucha! E propôs que fossem gastar o cobrinho. Leniza não queria. Ele garantiu que, se não gastassem juntos, queimaria sozinho em bobagens, o que era pior. E tirou o avental. Leniza lembrou-lhe:

— Não é melhor esperar um pouco, Oliveira? Ainda não terminou a sua hora de consulta... Pode vir alguém.

Ele vestiu o paletó:

— De esperar morreu um burro. E não te incomodes que não vem ninguém. Estou treinado um pedaço nessa espécie de deserto.

Saíram. As ruas ferviam de vestimentas claras. Um sol dourado acendia vigorosamente as fachadas. Foram andando de braço dado, parando nas vitrinas, admirando os objetos mais insignificantes. Entre terno e irônico, Oliveira apontou o casal burguês — grávida e orgulhosa, a mulherzinha ia pelo braço do marido, cheio de solicitude. Felizes, limitou-se ela a dizer. E não tens inveja de uma felicidade assim? — perguntou Oliveira. Respondeu tranquilamente: não. Deram, silenciosos, alguns passos. Iam de braço dado, mas era como se um glacial abismo os tivesse momentaneamente separado. Leniza parou, ele parou. Ficaram olhando. Estavam diante da portinha envidraçada de um relojoeiro. Preso no cubículo como um canário triste, o homenzinho trabalhava, com uma lente em forma de canudo enterrada no olho esquerdo para ver melhor o minúsculo mecanismo do reloginho-pulseira que consertava. O homenzinho não os percebeu, apertava delicadamente os parafusinhos dourados. Aquilo é o que seu pai fazia, pensou ela. Aquilo... Dia e noite, anos atrás de anos. Lembrava-se da pequena oficina na sala de jantar, o copo de cerveja sempre cheio ao lado. Aquilo!... Delicado e insignificante... Insignificante como colar rótulos... Virou-se com póstuma compaixão:

— Meu pai era relojoeiro...

Oliveira olhou-a. Desaparecera o abismo que os separara. Sorriu:

— O meu não foi muito mais não.

— Que era? — e apertou-lhe mais o braço.

— Funcionário dum cartório — e com emoção, os olhos úmidos, começou a falar do pai, pobre vida anônima e sacrificada. .... (Leniza estava comovida) .... Veio um cruzamento de ruas, Leniza cumprimentou um rapaz moreno, quadrado, jeito de remador, que se virou para vê-la por trás. Oliveira perguntou quem era. Era um conhecido, namorado duma colega, tinha sido muito delicado uma vez com ela, quando, desprevenida, numa noite de chuva, voltava de uma festinha. Leniza inventava. Inventava uma história banal, lógica, possível. Ela mesma se admirava da facilidade com que mentia, do tom de realidade que emprestava às suas mentiras, da maneira irresistível com que era arrastada para a mentira. Oliveira ouvia. Ela, falando sempre, pendurava-se mais no braço dele, chamava-o mais para perto do seu corpo. Pararam numa esquina, com o sinal fechado. E se fôssemos a um cinema? — perguntou-lhe ele. Leniza estava pelo que viesse — quem mandava era ele. Oliveira desistiu do espetáculo. Melhor seria pegar a limusine, que deixara na Esplanada do Castelo, e baterem para a Tijuca. Devia estar uma delícia a Cascatinha! Leniza concordou. Rodaram para lá.

O MOLEQUE OFERECIA framboesas:

— São as últimas, patrão! — e estendia o cestinho.

— Quer, Leniza?

— Venha!

Foram comê-las sentados nas pedras, ao pé da cascata. O fragor da queda abafava um pouco as vozes. A poeira d'água é levada pelo vento como nuvens esgarçadas que brotassem das pedras. Os altos ramos das árvores escondem o céu. E o céu está lindo, lindo na tarde que cai. Leniza sente o coração leve, aberto, inocente. Sente uma necessidade de ternura, de amparo. Com um movimento de abandono — trepadeira frágil que procura o apoio do muro — pousa, confiante, a cabeça no ombro do companheiro. Os lábios dele roçam os cabelos levemente gordurosos. Um acre perfume sensual sobe daqueles fios. As mãos dele descem para a cintura fina, cingem-na. Que mistério aquele corpo! Mas havia gente olhando. Havia o vendedor de framboesas, o retratista sentado junto à máquina, os garçons do bar deserto, alguns choferes. E chegavam, de automóvel, visitantes para a cascata. Oliveira sentiu um estranho pudor, um pudor de colegial, e levantou-se. Ela como que acordou assustada:

— Que foi?!

— Nada — e convidou-a para andar. — Quer?

Foram subindo pela estrada, muito limpa, fresca, quase fria pela sombra das grandes árvores de troncos limosos. A primeira curva escondeu-os dos olhos dos que ficavam. Enlaçaram-se. Foram andando. Um sentimento de mútua e absoluta compreensão tornava inútil qualquer palavra. Há parasitas, há cipós, avencas, samambaias. E as rolinhas ciscavam na areia vermelha do caminho. E da espessura do mato vinham silvos. Silvos, pios, estalidos. E veio um rumor de fio de água correndo perto. Veio um bater rápido de asas, um cheiro de flor humilde, um trinado queixoso. E as sombras se adensam. Oliveira rompeu o silêncio:

— Vamos voltar?

— Como quiser.

— Não tem medo?

— Medo de quê?

Oliveira apertou-a contra o peito. Uma estrela brilhava num pedaço de céu que os galhos não vedavam.

A NOITE É LONGA. Treme, medroso, o coração de Leniza, quando os surdos apitos vêm do mar. Sempre aquela visão de naufrágios pavorosos! Sempre aquela mesma visão negra de desgraças e mortes! E a noite é linda! O luar bate na pedra, entra no quarto. Prateia um pedaço do chão, prateia o espelho, prateia toda a cama, prateia o corpo nu de Leniza deitada. Mãos apoiando a nuca, olhos no teto, Leniza sonha. Fora uma tarde feliz! Recapitulava-a nos menores detalhes. Fora uma tarde feliz! A luz do luar andava no chão, se arrastava no chão. O marceneiro tossia no quarto da frente. Tossia, tossia. A luz do luar saiu do espelho, caminha na parede. Só a metade da cama ela prateia agora. Só as pernas de Leniza recebem agora a luz que vem da pedra e que a pedra recebe do céu.

FOI UMA TARDE DE EXALTAÇÃO. Mário Alves esperava-a na esquina do Alhambra. Ela chegou ofegante:

— Desculpe o atraso. E então?

Mário Alves tinha boas notícias. Falara com o Porto, que prometera se interessar por ela. Era o diretor de *broadcasting* da Metrópolis. Ele é que selecionava os artistas, organizava os programas, era o mandachuva lá, em suma. Fosse com ele, que ia bem. Ia marcar uma tarde para ela fazer uma prova.

— Mas quando vai ser isso?

— Esta semana ainda.

— Não diga!...

— Certo.

— Você é um anjo!

— Talvez...

Leniza deu-lhe o braço:

— Me aguente, que eu não me aguento.

— Nervosa?

— Feliz!

— Não sei — e ele riu, — mas para mim você vai longe.

— Deus te ouça, meu filho — disse ela séria. E mais séria ainda perguntou: — Ele falou em dinheiro?

Mário Alves se atrapalhou na resposta. Falar, ele não falara, ou melhor, não falara quanto. Mas não era de graça. Nada disso. Iria pagar. O tempo dos amadores já passou. Isto é história da monarquia. Agora a música era outra — não havia notas sem notas. Quem quisesse coisa boa tinha de pagar.

Leniza percebeu o embaraço, a confusão:

— Você está me tapeando, Mário Alves. Ele não falou em dinheiro. E cantar de graça, eu canto em casa.

— Mas como ele podia falar se não ouviu você ainda? Que adiantaria prometer uma coisa que não poderia cumprir sem te conhecer? E se você não aprovasse?

— Você está se contradizendo, Mário Alves.

— Eu?!

— Você, sim. Você!

— Não sei como...

— Não sabe porque tem cabeça de galo. Você não disse que no rádio tudo era questão de farol?

Ele procurou torcer o assunto:

— Disse beleza também.

— E eu sou feia, por acaso?

— Não. Você é linda.

— Isso é conversa pra boi dormir. Deixa disto. Não vou com conversas moles, não. É no duro! Não fuja ao assunto: você não disse que era só questão de farol?

— Disse — e Mário Alves estava tonto.

— Pois, então!

Cada vez ele compreendia menos:

— Então, o quê?

— Você está tapado, Mário Alves! Quero farol, está compreendendo? Farol!

— Mas também — e ele tomara pé — precisa cantar alguma coisa, que diabo! O maior farol do mundo não fará de uma gaga uma estrela.

— Não te impressiones, que eu não sou tão ruim assim.

— Nunca a ouvi. Adivinhar é pecado.

— Não ouviu porque não quis.

— Como?

— Pedindo, ora! Para que você tem boca?

Ele teve um risinho:

— Para beijar moças bonitas...

— E os filhinhos também.

Mário Alves não contava com aquela. Riu amarelo, calculou: foi José Carlos quem disse, o safado!, o... Era casado, mas metia a mulher na fazenda do sogro, em Mendes, e atravessava meses fazendo vida de solteiro, passando por solteiro. Tomou coragem:

— Boa piada.

— Podia tê-la evitado. Para que esconder aquilo que, mais tarde ou mais cedo, eu viria a saber? Chega a ser besteira. E esconder logo o quê? A aliança! Ser casado, por acaso, é pecado?

Mário Alves estava desconcertado:

— Não fiz por mal, Leniza. Pode crer. Verdadeiramente eu sou solteiro. Não nos damos bem, eu e minha mulher. Nunca nos demos.

— E, para provar, têm cinco filhos.

Mário Alves riu:

— Falo sério, Leniza.

— Dispenso explicações. Não estou pedindo nenhuma. Só disse que você poderia ter dito que era casado. Escusava a mentira. Que vantagem tinha em me esconder? Pensava que isso impediria alguma coisa de minha parte? Absolutamente. Casamento não me interessa. Nem o meu, quanto mais o dos outros. Não me interessa nem me impede. Sou livre. Ponho e disponho da minha vida. Se der mau resultado, pior para mim.

Mário Alves sentiu-se súbita e definitivamente aclarado. Apertou-lhe o braço:

— Você é do diabo, Leniza!

— E serei da Rádio Metrópolis — emendou ela para voltar ao que lhe interessava.

— É lógico. Vou fazer força por você. Força à beça! Vai ver. Vou dar tudo. Tenho o meu prestígio. Vou me agarrar com quantos amigos possa para você brilhar. Amanhã mesmo falarei novamente com o Porto, para ele marcar a sua prova, se possível, para depois de amanhã logo.

Ela parou na porta do bar recém-inaugurado, de um sóbrio bom gosto.

— Quer pagar algum troço, Mário Alves?

— Com o maior prazer.

Sentaram-se. Ela queria chope, duplo! — estava com sede; queria sanduíches — estava com fome; e voltou, mansa, ao assunto:

— Mas você acha que eu precise fazer alguma prova?

Ele achava que sim. Que devia. Nem que fosse por pura tapeação. Afinal, o Porto tinha que dar umas tantas ou quantas satisfações dos seus atos. Aquilo não era dele. Era uma empresa comercial. Mas iria ajeitá-lo, não se incomodasse. Tudo seria fácil.

— Mas se eles não gostarem de mim?

Nem pense em tal. Iria ser uma prova e tanto! Para isso é que ele iria ajeitar o Porto. O Porto era o tipo do camarada. E era muito seu amigo, velho amigo! Devia-lhe favores... Ficasse sossegada, que iria abafar. No duro!

Leniza bebeu dois goles, enxugou os lábios:

— Mas aperte-o na questão do dinheiro. Você sabe: quem canta de graça é passarinho. Não estou para isso, não.

Mário Alves gargalhou:

— Você tem boas bolas, Leniza! Mas fica descansada, já disse. Vou apertar com o Porto de toda maneira. Não me esquecerei de nada. Ele tem de dar um jeito. Mas, vem cá: você fala tanto em dinheiro... Anda tão apertada assim? Eu estou às ordens.

Ela fixou o olhar nele e falou com uma firmeza que não admitia réplica:

— Muda de assunto, Mário Alves (o que de algum modo deixou-o satisfeito).

LENIZA APERTOU A MÃO de Porto, que lhe recomendou:

— Ensaio às quatro. Não se esqueça.

— Nunca! Até amanhã.

— Até amanhã, pequena.

Leniza deu jovialmente o braço a Mário Alves:

— Venha, grande homem.

— Até amanhã — e Mário Alves piscou o olho para o amigo.

Porto respondeu untuoso:

— Até amanhã, Mário. Felicidades...

Leniza e Mário saíram do estúdio. O automóvel dele estava na porta.

— Viu?

("Uma das habilidades (do diabo) consiste em nos apresentar como triunfos as nossas derrotas.") Leniza ria, ria feliz:

— É de matar!

Ele deu saída ao carro:

— Agora, para onde?

Leniza topava qualquer parada. Para aqui, para ali — tanto fazia.

— Ah, Mário Alves, você é um braço! Não há dúvida. (É artista de rádio, afinal. Custou, mas foi. Seiscentos mil--réis por mês! Parece um sonho! Vestidos, sapatos, chapéus, perfumes — a vida!

A vida tal como ela queria, como ela compreendia. A vida e a glória! Retrato nos jornais, nas revistas, falada, comentada, apontada. Tudo o que é bom, tudo o que enche o coração, tudo o que ela vinha amarga e secretamente desejando, lhe caía nas mãos, afinal, naquele dia tão lindo, tão azul, o mais feliz da sua vida! Sentia-se forte, única, respirava um ar diferente, um ar de conquista, de liberdade, de independência!)

Virou-se para o companheiro:

— Mas é tudo assim de boca? Não vou assinar nenhum papel?

— Sim, poderia. Mas seria uma embrulhada dos diabos! Você é menor, precisaria a assinatura de sua mãe, selos, tabeliães, uma encrenca. Assim é mais prático. Cantas quinze vezes por mês, levando quarenta no cachê. E ainda tem a vantagem de estar livre. Se você acertar e outra estação te der mais, não há nada que te impeça — fez um ar finório — você me entende, não é?

Leniza intimamente não queria meter a mãe naquela história, mas avançou:

— Mas seria uma garantia (seria também um ato importante — assinar um contrato! Gostaria de poder dizer: "Assinei meu contrato...", "Quando assinei meu contrato...").

Ele mostrou um ar contrariado:

— Se você duvida...

— De você, não, Mário. Que desconfiança!... Deles.

— O Porto é sujeito sério, decente, Leniza. Incapaz duma sujeira. E é meu amigo.

— Mas talvez fosse melhor o preto no branco.

— O que eu acho melhor é você não exigir demais. Quem muito quer tudo perde. Você já foi exceção. Você canta direitinho, Leniza, agrada, mas nunca cantou para o público, ninguém te conhece, e de saída se arranja para você um cachê de veterana. Olhe que é vantagem. O que eu acho melhor, repito, é deixar tudo como está, não exigir demais por agora. O mundo não vai se acabar. Tem tempo para pedir. E quando tiver de pedir, pedir mesmo! Agora vamos é lançar você. O Porto combinou tudo. Você vai ter um farol louco!

Leniza bateu-lhe no ombro:

— Você me saiu um colosso mesmo! Além do que pensava.

Mário Alves esboça um sorriso modesto, acende um cigarro displicentemente. O carro roda macio pela avenida Beira-Mar.

— Para onde, Leniza?

Ela encostou-se a ele:

— Para onde você quiser.

Ele perguntava à toa. O plano estava feito de muito. E ela tinha absoluta certeza de que estava.

MONTADA COM UM LUXO notoriamente rastaquera, a *garçonnière* de Mário Alves ficava num décimo andar do Flamengo. O mar roncava. O sol ainda fulgia. Tons violáceos tomavam o horizonte.

— Você quer mais um pouco?

— Bota — e Leniza fumava.

Mário Alves encheu novamente o cálice de Madeira R, que Leniza emborcou. Já estava meio tocada, se desmanchava em risos, se esticava no amplo divã azul, que fazia de cama.

— Estou inteiramente abafada, Mário Alves! — E empurrou com o pé a almofada de veludo.

— Eu prometi, cumpri.

— Anjo! — e a baforada subiu para o teto.

Mário Alves ajoelhou-se aos pés dela. Tinha tirado o paletó, desafogado o colarinho. Tocou-lhe nas pernas, cauteloso como se tocasse um animal desconhecido, um animal que poderia ser venenoso. Leniza consentiu, baforando para o alto. Mário Alves sobe com as mãos para as coxas macias, que lhe lembram outras coxas macias — beijou-as.

Leniza estremece. Tonta, tonta, sente Oliveira, sente as mãos dele, quentes, muito quentes, finas, espremerem, deslizarem com a delicadeza duma medusa no mar, espremerem... Ah!, sente-lhe os beijos nas mãos, nas unhas, nos braços, nos ombros, no colo. São palavras de amor em voz confusa! Os seios gritam. Oliveira beija-lhe os seios, Leniza geme. Mário Alves geme:

— Leniza, meu amor!...

Ela está distante, fremente, rilhando os dentes, tombando, em abismos sem-fim. Ele avançou, quase feroz! Ela abafou o grito selvagem, na sensação inglória e dolorosa de que estava sendo aberta ao meio, rachada, dividida em duas Lenizas: Leniza-Bem, Leniza-Mal — destruída para sempre a Leniza Verdadeira, a que era Bem e Mal...

BRILHAVAM ESTRELAS QUANDO ACORDARAM. Dissipou-se a tonteira. Veio um amargo sentimento de perda, de diminuição. Sentia-se partida em pedaços. Procurou se reconstruir, pedacinho a pedacinho... Mas foi como uma criança de mãos trêmulas querendo armar um *puzzle* — impossível! E insensivelmente as lágrimas rolaram. Mário Alves abraça-a:

— Meu amor...

Rolam as lágrimas. Por que, se foi ela mesma quem quis, quem consentiu? Por que, se ela sempre pensava naquilo como uma prova a que não poderia escapar, não deveria mesmo escapar? Só sabia que chorava, que se sentia pequena, insignificante, perdida. A coragem voltou num esforço — era tocar para a frente. Levantou-se do divã, foi natural:

— Vou me preparar para ir embora, Mário.

Lavou-se, vestiu-se, penteou-se, pediu:

— Agora me leve para casa, se acha favor.

— Mais um beijo, querida! — e ele abraçou-a.

Nunca nada lhe soara tão falso, tão odioso! Venceu um nojo incrível para oferecer os lábios, que Mário espremeu com crueldade, amassando-lhe os seios contra o peito. Leniza parecia de pedra. Nem um tremor, nem uma contração — nada! E Mário sugava-lhe mais os lábios numa compressão intérmina, feroz. Ela pôs-se a debater-se:

— Livra! Que você ia me sufocando!

— Vamos tomar a "lata velha" — e ele enroscou-lhe o braço na cintura.

Saíram para a noite fresca, de céu claro, quase azul. Um ventinho fino, ligeiro, vinha do mar. O movimento de veículos era intenso nas alamedas.

— Você não quer jantar comigo hoje? Aqui perto há um barzinho alemão bem bom. Sou freguês. O dono é camarada. Quando não há dinheiro — fez um gesto estudantil — espeta-se!

— Não. Queria era ir para casa.

— Cansada? — e sorriu, pondo o motor em movimento.

— Não é para menos — respondeu com um incontido travo de amargura.

— Estás arrependida?

— Arrependida de quê?

— Do que fizemos, ué!

Ela não respondeu (mas quisera responder. Você acha que nós fizemos alguma coisa?), e Mário Alves pôs no rosto uma seriedade digna (se ela abrisse a boca antes de seis meses, estaria frito):

— Eu desejaria sinceramente poder remediar a situação, Leniza. Sinceramente. Mas o que temos a fazer é vivermos assim mesmo. Infelizmente aqui não há divórcio. País atrasado...

Leniza voltou-se com cólera:

— Ora, deixe de bobagem, Mário. Deixe de hipocrisia. Não estou pedindo nada.

— Hipocrisia, não! — repetiu ofendido por não ser tomado a sério.

— Hipocrisia, sim! — e encarou-o cruamente.

Mário mudou de rumo:

— Você parece que ficou com raiva de mim. Não vejo razão. Tenho tanta culpa quanto você. Você...

— Chega, Mário Alves! — gritou Leniza. — Chega de dizer bobagens! É irritante!

— Bobagens, não! — (ainda queria queimar uns cartuchos de dignidade.) Isso não pode ficar assim. Eu sou...

Ela interrompeu-o com uma casquinada:

— Como é que você quer que eu fique, então? Diga. Terei conserto?

— Ora, como!... — e ele achou melhor fingir que não a compreendia: — Você viria morar comigo. Eu te daria tudo. Não pouparia sacrifícios. Compreendo o meu dever... (será que ela está me preparando para algum golpe?)...

Foi decidida:

— Não! Prefiro ficar com mamãe.

Ele balançou os ombros (parecia sincera, desnorteava-o...):

— Como quiser. O que eu propus era por uma questão de honra, apenas. Você sabe...

— Sei — cortou ela. — Sei.

Mário Alves virou-se vivamente (precisava prendê-la!):

— Será que você não virá mais comigo?

— Como você quiser — respondeu com indiferença.

— Ah!

— Tanto espanto?

— Você é gozada. (Não! Ela não fugiria. Ela não lhe estava preparando nenhum golpe. Poderia ficar descansado. Garota esquisita aquela!)

— Só agora é que viu?

Mário Alves freou o carro:

— Íamos passando.

Ela desceu, ia torcendo o pé. Ele pegou-lhe na mão:

— Telefone amanhã.

— Não.

— Por quê?

— Não sei.

— Você está zangada mesmo (mas por quê?)... Eu compreendo. Mas...

— Chega! Não telefono. Adeus.

E fugiu pela ladeira acima. Ele foi-lhe atrás (teria se enganado?!):

— Mas vem cá, Leniza. Vem cá. Espera.

Ela não parou. Mário Alves desistiu: estará amanhã no estúdio. Voltara-lhe a confiança — não haveria nada.

Leniza empurrou a porta entreaberta:

— Mamãe!

— Tarde, hem?... — gritou a mãe, dos fundos.

— Feliz, mamãe! Feliz! — foi berrando pelo corredor.

Havia luz no quarto do marceneiro, de porta aberta, com o jornal estendido sobre a mesinha cambaia. Seu Alberto correu ao seu encontro. Ela gritou:

— Sou do rádio, seu Alberto! Entrei mesmo!

Seu Alberto era a própria alegria:

— Eu não disse?!

Já estava na sala. Dona Manuela chegou da cozinha enxugando as mãos.

— Então, sempre conseguiu?

— Seiscentos mil, mamãe! — e abraçou a mãe, o que raramente fazia. (Dona Manuela correspondeu, batendo-lhe frouxamente nos ombros, com a mão áspera. Não era indiferença, era o costume. Calejada na luta da vida, dona Manuela não tivera tempo de cultivar sentimentalidades exteriores, de abraços, beijinhos e palavras macias. Gostava da filha, mas era lá dentro. Morreria por ela. Efusões — nenhuma.)

Leniza sentou-se. Estava um pouco desfigurada. A mãe notou:

— Estás abatida, pequena.

— Não é para menos (era já a segunda vez, naquele dia, que dava aquela resposta).

— Guardei o seu jantar.

— Não quero nada, mamãe. Não sinto fome.

— Isto é lá com você, mas talvez fosse bom comer alguma coisinha. A carne está muito gostosa. Recheada.

— Uma delícia, dona Leniza! — aparteou seu Alberto.

— Não. Não quero. Tem café?

— Vou fazer.

Leniza foi para o quarto. Sentiu necessidade de água, de mergulhar o corpo, sentir o corpo envolvido pela água, cariciado pela água, protegido pela água. Mas não teve coragem de ir ao tanque, no fundo da casa, junto ao chuveiro. Encheu a bacia, onde mergulhou o rosto. A água estava morna, não refrescava. Leniza molhou o pescoço, os cabelos, os braços, atirou-se na cama sem se enxugar. As cadeiras doíam. Num alívio, os sapatos caíram a uma leve flexão dos pés. As cadeiras doíam. O sexo ardia. Mário Alves! Procurava reconstituir tudo que se passara, e Mário Alves desaparecia, Mário Alves era menos que um boneco, uma figura sem existência, somente Oliveira dominava a reconstituição, possuindo-a, possuindo-a, possuindo-a... E o marceneiro tossia. Dona Manuela andava na cozinha, conversando de longe com seu Alberto. Falavam dela. Mas a conversa vinha confusa, truncada. E ela ainda a truncava mais com os seus próprios pensamentos. E o marceneiro — tec! — apagou a luz. A área escureceu, o quarto escureceu. A ideia de um filho — (A senhora vai ver, dona Manuela!) veio na escuridão. Veio rápida, como já acontecera no automóvel. Rápida, ela repeliu-a — tudo, menos um filho! E logo de quem!... Era de matar! Não. Dona Consuelo saberia evitar. Judite já pusera dois fora, sem perigo. Filho, não! E dona Manuela chamou-a:

— O café está na mesa.

Foi um desalento:

— Já vou.

Uma falta de vontade, uma dormência, uma dor fraca na boca do estômago... Custou a se levantar. Caminhou para a mesa como se fosse para a forca. Começou mastigando sem força, sem gosto, arrependida de ter pedido o café. Mas estava gostoso. Gostoso mesmo. Acabou comendo todo o pão de trança que havia.

— E você vai deixar o emprego mesmo, ou é brincadeira? — perguntou dona Manuela .

— Bolas para os gringos! — respondeu numa explosão. Estava farta e ensopada de subir e descer escadas, de entrar em vinte elevadores por dia, de mofar horas nas salas de espera para ser atendida, de aguentar uma legião de cacetes. Estava até o pescoço com o peso da maleta cheia, de um lado para o outro. Cruzava os talheres — fartíssima.

— Isto é lá com você. Mas o tal de rádio é certo?

— Que pergunta, mamãe! Certíssimo. Contrato. Então eu sou lá alguma boba?!... — fez uma pequena pausa: — Seiscentos mil. Três vezes mais do que eu ganho. Parece um sonho, não?

Dona Manuela não disse nada. Seu Alberto achou que para começar era estupendo. Ele, que trabalhava há nem sabia quantos anos, pouco mais ganhava que a metade. E ouvissem bem o que ele dizia: Ela iria longe.

— Deus lhe ouça, seu Alberto. Chega de passar mal. Amanhã, vida nova! Vou logo cedo ao seu Nagib, vou comprar tudo de que preciso — riu: — Eu preciso de tudo... Não tenho nada, o senhor bem vê, não é, seu Alberto? (Ele aprovava com a cabeça.) Não tenho vestidos, não tenho chapéus, nem sapatos, nem roupa branca — uma vergonha! Ando como uma trapeira.

Dona Manuela balançou a cabeça (Leniza, com uma certa mania de grandeza, saíra mais ao pai que a ela). E seu Alberto protestou:

— Também não é assim, dona Leniza. A senhora é pobre, mas anda muito decente.

— Bondade sua, seu Alberto. Mas acabou-se a vida de bate-enxuga. Amanhã vou comprar pelo menos três vestidos. Eu preciso pelo menos de três vestidos. Não é exagero. Vou dá-los para a Judite fazer. Ela cose direitinho. No fim do mês eu pago.

— Você não está devendo a ela ainda? — perguntou a mãe.

— Trinta só.

— E ao Nagib?

— Parece que cem, não sei, mas não tem importância. No fim do mês eu pago tudo. O que não posso é continuar como ando. Sinceramente você não acha, mamãe? Diga.

— É. (Que adiantava negar? Que adiantava gastar palavras com Martin?)

— Demais, vaidade à parte, preciso me apresentar alinhada. O meio obriga. Meu vestido de baile já tingi três vezes. Não dá mais nada. Nem para combinação.

— É isso mesmo, dona Leniza. É isso mesmo. Se apresentar alinhada. Já dizia o bisavô do meu avô: pau se conhece pela casca.

— E a senhora também, mamãe. Precisa mudar de vida.

— Para quê? — e dona Manuela deu um muxoxo.

— Ora, para quê? Porque precisa. A vida que a senhora leva não é vida. Não tem mais cabimento. Tem que mudar. Sair deste buraco, arranjar um apartamento, uma casa, seja o que for, mas uma coisa decente (seu Alberto aplaudiu com a cabeça), deixar de trabalhar tanto, mamãe.

Seu Alberto entrou com a palavra:

— A senhora pensa muito bem, dona Leniza. Se todo mundo pensasse como a senhora...

Dona Manuela tinha um riso de indiferença, de descrença, procurou mudar de assunto:

— Foi seu Mário Alves que arranjou essa história?

Leniza corou insensivelmente, foi seca:

— Foi — depois se precipitou em palavras: — Mas não foi só por causa dele, não. Ele me apresentou ao diretor, como prometeu. Não foi pouco, está visto. Mas se não tivessem gostado de mim, não adiantaria nada a apresentação. Tudo tem seu limite. Podia ficar quando muito de carona, para encher programas bagunças. Mas os homens gostaram. De verdade — virou-se mais para seu Alberto: — Cantei com piano, imagine! Não havia ninguém que tocasse violão no estúdio, na ocasião. Pensei que ia fazer um fiasco. Fiquei afobada. Tremia, seu Alberto, que só vendo! Mas o pianista era um rapaz muito bonzinho. Me acalmou, dizendo que era a mesma coisa, não tivesse medo. Sei que tomei coragem e me saí bem!

— Não podia deixar de sair, dona Leniza.

Leniza estava de pé:

— Agora é dormir, que o dia foi cheio. E amanhã, vida nova!

Dona Manuela se levantou também:

— Vamos ver.

— Santo de casa não faz milagre — e seu Alberto sorria:

— Dona Manuela não sabe que filha tem, dona Leniza — e, desejando boa noite, foi-se encaminhando para o quarto.

O marceneiro tossia. Leniza parou:

— Esse homem não está sofrendo do peito, não, mamãe?

— Sei lá. Ele diz que é bronquite.

— Não me está cheirando bem, não. E ele pagou?

— Metade só — respondeu dona Manuela com voz sumida. — Diz que sábado paga o resto.

— Se não pagar, rua com o bicho! Basta de calotes! Basta!

Arrancava, excitada, o vestido que, muito apertado, custava a passar pela cabeça. Todo fim de mês era aquela agonia. Tirando seu Alberto, todos eram a mesma pinoia. Precisava andar atrás deles. Pagavam aos tiquinhos, parecia que estavam fazendo uma esmola, os cachorros!, atrasavam-se, saíam sem pagar. E era um verdadeiro inferno. Aborreciam, questionavam, ofendiam, reclamavam sem razão. Os que reclamavam eram os piores. Quase sempre eram os que não pagavam. Miserável vida! Precisava haver um fim. Um descanso. Felizmente... Estava nua. Correu a improvisada cortina da janela, que lhe defendia o quarto da indiscrição dos hóspedes, quando de manhã, ela ainda dormindo, iam se lavar no tanque ou no chuveiro. Nua ficou. Tec! — torceram um interruptor. Onde? Que importa! Atirou-se na cama. A lua tardia — cheia, encantada! — dava na pedreira.

A pedreira ganhava a forma fantástica e maravilhosa de uma parede de prata brilhante e atirava no quarto, por cima da cortina, através da cortina, o reflexo da lua, como atirava de dia o revérbero implacável do sol. O sexo ardia. O marceneiro tossia. Vida nova, outra vida... E Leniza rolava na cama qual canoa sem leme ao sabor das ondas. Veio uma tristeza funda com a lembrança de Oliveira, uma tristeza como jamais tinha sentido.

EMBORA TENDO DORMINDO pouco, Leniza no outro dia amanheceu com uma grande disposição. Sentia-se tranquila, muito decidida. Compareceu ao laboratório à hora do costume, mas não trabalhou. Devolveu a pasta ao rapaz do escritório encarregado de fiscalizar o serviço das propagandistas, prestou-lhe todas as informações que poderiam ser úteis à sua futura substituta, pôs as suas fichas em ordem e, recusando-se a qualquer explicação da sua atitude, esperou a chegada do chefe. Ele chegava quase sempre bem mais tarde que as empregadas. Quando a viu sentada no escritório, junto ao comprido fichário de aço, falou em tom de censura.

— Você ainda por aqui, menina?

— Hoje só, seu Meneses. Esperava o senhor para lhe falar.

Seu Meneses entrou para o seu gabinete privado, junto ao escritório geral:

— Entre, menina. O que é que há? — pendurou o chapéu no cabide.

— Nada de importante, seu Meneses. Venho apenas me despedir do emprego.

Seu Meneses já estava na cadeira giratória, fazendo-a gemer ao peso da sua madura corpulência. Tinha a ideia constante de que todos os colegas de profissão nada mais faziam senão invejar a situação de prosperidade dos seus xaropes. Via neles uma malta de inimigos procurando, por todos os meios e modos, tirar do mercado os seus produtos. Quando Leniza falou em se despedir, ele, com uma careta esperta, pensou ver longe: algum "deles" propôs-lhe melhor ordenado. Sabiam o valor dos "seus" auxiliares, sabiam como ele tinha dedo para escolhê-los, queriam tirá-los. Não! Não levariam assim a empresa fácil, não! Ele também sabia se defender. Fez a voz camarada:

— É por questão de ordenado, menina? — (sentia-se maquiavélico...) — Se é, diga. Não ficaremos zangados. Até gosto que meus auxiliares apresentem suas sugestões. Poderemos entrar num acordo. Você é boa empregada. Poderei aumentá-la. Depende...

— Não, seu Meneses, agradeço muito a sua bondade, mas não se trata disso. Não quero mais trabalhar, ou melhor, vou trabalhar em outra coisa.

Ele via a "coisa" longe:

— Em que coisa, menina? — perguntou macio, muito sagaz.

— No rádio, seu Meneses.

Deu um pulo da cadeira como se tivesse visto uma cobra:

— No rádio?!

— No rádio, sim, seu Meneses.

— Mas que é que você vai fazer no rádio? — perguntou com uma grande incredulidade.

— Cantar, seu Meneses.

Como ele colocava os poetas, os escritores, os músicos, os pintores, todos os artistas, em suma, numa única categoria — a dos malandros — não se conteve:

— Mas isso não é profissão, menina. É malandragem!

— É uma opinião sua, seu Meneses. A minha é diferente.

Seu Meneses se desconcertou com a resposta, mas refez-se e voltou com ar paternal: — Que seja, menina. Não quero discutir isso. Cada um tem a sua opinião. Acho mesmo que cada um deve ter a sua opinião. A personalidade é uma virtude que deve ser cultivada, protegida, exaltada. Mas no seu caso — e aflautava a voz — acho que você deve pensar melhor. Não deve fazer nada no ar. Deve refletir um pouco mais. Nada de esvoaçamentos. Esvoaçamentos, entusiasmos, são próprios da mocidade. Mas devem ser combatidos. Eu também já fui moço, menina — (punha os olhos à altura da folhinha de parede, sonhadoramente) — já tive meus entusiasmos, meus arrebatamentos. Se eu tivesse quem me aconselhasse naquele tempo, não teria feito muita asneira. Ouça o que lhe digo. É a voz da experiência. Não faça nada no ar.

— Pois não estou fazendo, seu Meneses. Pensei bastante. E é por isso que me decidi...

Seu Meneses interrompeu-a, balouçando a cabeça:

— Não acredito. Não acredito. Pensou que pensou. Não pensou nada.

Leniza se irritou:

— Eu vim somente pedir as minhas contas, seu Meneses. Não vim lhe pedir para me ensinar a pensar. Ainda tenho cabeça.

Seu Meneses se encrespou também:

— Mas eu tenho a obrigação de abrir os olhos dos meus empregados, quando eles querem fazer asneiras. Tenho o dever. É um dever! Não me eximo dele! Mesmo quando se trata de uma cabeça de vento, de uma malcriada!

Estava vermelho, exaltado, esmurrou a mesa várias vezes.

Leniza veio calma, irônica:

— O senhor acha asneira melhorar a situação?

Ele explodiu:

— Pois vá melhorar a situação no rádio, no inferno, onde quiser, mas não me amole!

— O senhor se amolou porque quis.

Seu Meneses não a ouvia, levantara-se, falava, autoritário, da porta, para o encarregado do escritório, servilíssimo:

— Faça as contas dessa menina, seu Costa. Que é que está me olhando com cara de palerma?! Faça as contas dessa menina!

O escriturário, cheio de dedos, se desculpava. Seu Meneses bateu a porta com fúria:

— Chega de amolação!

O pessoal do laboratório estava em brasas para saber o que houvera. Leniza premeditara a despedida e somente depois de ajustar as contas, embolsar o dinheiro e receber a carteira profissional dignou-se descer até às salas de trabalho para falar com o pessoal. Foi breve. Desejava-lhes muitas felicidades, estava na PRX-12 para servi-las — saiu. Deixou uma estupefação entre o pessoal: Cantora de rádio! Era lá possível!... Os comentários ferviam. Era lá possível!... No confabulatório doido — era, não era... — o serviço enguiçou. Nem no dia em que o namorado da Etelvina (despedida) tentou matá-la com uma navalha, nem no dia que seu Benjamim, do encaixotamento, tirou vinte e cinco contos com um gasparinho da Federal!

DEPOIS DO ALMOÇO visitou o armarinho do seu Nagib. Comprou quanto quis, levou tudo para Judite. Quando a amiga soube da história do rádio, caiu das nuvens — era de abafar! Leniza conversou muito (Judite numa admiração louca por ela), levou um tempo imenso folheando figurinos, escolhendo modelos para os vestidos, pediu pressa com eles, tinha extrema necessidade: — Você sabe, Judite, agora o meio é outro a gente tem de se apresentar... Judite prometeu dar tudo pronto em quatro, cinco dias. No dia seguinte mesmo, Leniza poderia vir provar. Ela iria cortar todos naquela mesma noite, sem falta.

Leniza desceu para a cidade. Tinha de estar no estúdio às quatro. Eram duas. Bateu para o consultório de Oliveira. Quando chegou, ele despachava uma cliente, uma senhora magra como uma vara, nariz arrebitado, um ar solteiro. Leniza foi entrando. Oliveira fechou a porta com uma última mesura e veio:

— Então, sumida! Já ia mandar saber notícias — e, pegando-lhe na mão, beijou-a.

— Dois dias só.

— Uma eternidade.

— Soneto...

— Engana-se, sua ingrata. Soneto que eu conheço é beijo na boca — beijou-a e estranhou: — Onde você meteu a pasta?

— Vim sem ela. Estou de férias.

— Férias? Ótimo! Mas como foi isso, que não me preveniu nada? Podíamos ter organizado um programa para elas.

— Foi assim de repente — respondeu Leniza com volubilidade. — Tinha direito. O homem ontem me chamou para perguntar quando eu queria tirá-las, eu fui, respondi que estava cansada, queria logo, se é que podia. Ele disse que sim — e aqui estou. Mas quanto a programas, ainda está em tempo de se organizar.

À medida que ela falava, era como se uma nuvem fosse sombreando o semblante de Oliveira, que respondeu sério, um pouco alheio:

— Está.

— Que secura — protestou ela.

— Me perdoe — desculpou-se. — É que me lembrei de uma coisa. Uma coisa bem pau.

— Que é? Conte.

— Não vale a pena — (sentia vontade de contar, uma fraqueza de contar... Se contasse...)

— É segredo, por acaso?

— Não tenho segredo para você. — (Sim, gostaria de não ter. Gostaria de ser para ela como uma janela aberta...)

— Que honra! Mas que é, então? Estou curiosa.

— Depois te digo. — (Tolice! Nunca.)

— Depois, morrem os bois. Quero agora.

— Não adianta insistir. — (Nunca!) — Depois. E agora vá saindo. Vá dar uma volta e me espere às quatro aí embaixo na porta, se não quiser subir. Estarei firme.

— Que mistério!...

— Vamos. Roda — e ele empurrou-a.

Ela deixou-se empurrar:

— E assim a seco?

Beijou-a, apressado:

— Tome. Até já.

— Até amanhã.

— Até às quatro — corrigiu Oliveira.

Leniza balançou a cabeça negativamente:

— Não posso.

— Não pode por quê? Não estás em férias?

— Mistérios...[3]

Quando chegou na rua, um espinho feria-lhe o coração. Seria? Voltou resolutamente. Voltou pela escada. Se fosse pelo elevador, quando ele parasse, com o barulho, naturalmente Oliveira iria ver se era quem aguardava. Escondeu-se atrás do elevador, ficou esperando. Seria? O coração trêmulo dizia que sim, dizia que não. O elevador descia, subia, descia. Cada arranco do motor, cada rolar metálico e fácil, da porta sobre as rodilhas, eram sons que punham no seu coração um sofrimento novo. Parou no andar algumas vezes — representantes que Oliveira (e ela escondia-se mais) despachava na porta, clientes para os médicos que tinham consultórios na frente (Oliveira ocupava as duas únicas salas do fundo, as menores do andar, com uma pequena janela que dava para a área, que parecia um poço, de paredes desoladoramente lisas e manchadas de negro pela chuva). Novamente o elevador parou. O coração de Leniza bateu forte, precipitado, como à aproximação de um inimigo temido — uma mulher! E era bonita! E era chique! O cabelo

---

3. Leniza, tal como Hamlet e Machado de Assis endossando Hamlet (vide *Várias histórias*), acreditava na pluralidade dos mistérios. Tudo faz crer ao autor que só há um Mistério, mas como não pretende corrigir ninguém, registra apenas a sua opinião etc.

tão louro... E era... Ah! ficou na sala da frente. Leniza mordeu os lábios. Seria? O coração diz que sim, diz que não. Já se impacientava. Foi até a sala de espera da frente. O relógio marcava três e vinte. A enfermeira conhecia-a:

— Quer falar com alguém?

Não. Não queria. Estava de férias. Estava esperando o Oliveira. A enfermeira — uma mulatinha magra, simpática, de guarda-pó impecavelmente limpo — piscou o olho:

— Aí, hem!...

— Está muito enganada — negou Leniza rindo. — Não é nada do que está pensando.

— Eu sei!... Pensa que eu não tenho visto?...

— Visto o quê?

Mas a campainha tocava lá dentro do consultório chamando a enfermeira. E o elevador parou. O homem dirigiu-se para os fundos com uma sebosa e gorda pasta debaixo do braço. Era alto, vermelhão, as costas manchadas de suor, sapatos cambaios. Bateu rudemente na porta. Oliveira fê-lo entrar logo. Tomou-a a certeza de que se enganara, uma certeza um pouco dolorosa, um pouco humilhante, e, pé ante pé, foi escutar à porta, com cautela, num leve despeito. — "Mas o doutor prometeu" — e a voz era cavernosa. "Mas não arranjei, seu Gomes." — "......?" — "Talvez..." "......!" O homem falava em "consideração". — "Está na sua vontade fazê-lo" —, e Oliveira parecia altivo na sua resposta. Houve um silêncio, depois as vozes chegaram-se mais perto da porta. — "Veremos, veremos." — "É o que posso fazer." Leniza despencou pela escada, caiu na rua, esbaforida, numa grande agonia. (Aquela cena só por ela sabida — a mãe não estava em casa — por tanto tempo guardada, quase esquecida, acudiu-lhe como coisa viva e pungente! Foi na rua da América, tinha oito anos. Seu Martin não podia pagar. Desculpava-se, rebaixava-se diante do homem da pasta, triste como um corcunda. Ela, atrás da porta, no corredor, sofria, não suportava, não compreendia como seu pai — um ídolo! — se humilhasse de tal forma ante outro homem. Apertava as mãos, chorava, continha-se para não gritar. E o homem alteara a voz, transmitia ameaças do patrão. Depois — o pai jurando que saldaria! — prometera "esperar mais uma semana, uma semana só, nem um dia mais!" Quando saiu, Seu Martin mandou-a buscar cerveja fiado no botequim, e ela foi de cabeça curvada, não queria, não podia encará-lo. Ficou bebendo até de noite. Espreitara-o mil vezes; tinha os olhos azuis tão tristes, mas tão plácidos, como se nada tivesse acontecido.) Enfiou no primeiro ônibus. Quando chegou ao estúdio passavam cinco minutos das quatro. Mário Alves esperava-a na porta, correu para ela:

— Pensei que não viesse!

Leniza respondeu, vencendo o nojo:

— Espera porque quer.

— Continua zangada?

Leniza foi andando. Ele puxou-a por um braço:

— Vem cá. Quero te falar.

— Agora não posso — e Leniza fugiu-lhe. — Já estou atrasada.

Mário Alves atirou fora o cigarro e entrou com ela:

— Esperarei.

Porto levou-a para o estúdio B, perguntou com delicadeza:

— Está mais calma?

— Um pouco...

— É natural o seu estado. Acontece com todas. Acostumará depressa, vai ver. Sua prova, apesar do nervosismo, foi boa. Foi além da expectativa, acredite. A grande maioria das pequenas que vêm aqui, descontando o nervosismo, Deus me livre e guarde!, é uma calamidade, um desastre. Você me agradou bastante. Eu até disse ao Mário Alves de noite. Não foi?

Mário Alves confirmou:

— Foi.

E Porto continuou:

— Pode ir longe. Aqui apanhará escola, experiência. Aliás é o que tem sido a nossa estação: jardim de infância das outras. Das que pagam bem, compreende-se... — riu, chamou o mulatinho do piano, que conversava numa rodinha (duas moças, dois rapazes).

Ele acudiu com um sorriso amável. Era o acompanhador da véspera.

— Então, senhorita, está mais calma?

— Parece que aqui não irradiam outra chapa.

Os três riram. As pequenas do grupo olharam atravessado para Leniza, cochicharam com os rapazes. E Leniza foi levada para o piano. As moças se arredaram. Porto apresentou Leniza, que as conhecia de retrato.

— Aqui a senhorita Leniza Máier, uma nova colega.

A lourinha frisada estendeu a mão de unhas vermelhíssimas:

— Muito prazer. Nair Antunes.

— Marlene de Andrade — emendou a morena, numa voz mole, muito afetada.

Porto continuou apresentando:

— Aqui é o Olinto, o nosso grande pandeiro, e o Celso Martins, o nosso Bing Crosby.

Os rapazes foram menos displicentes nos apertos de mão.

— Já ensaiaram? — perguntou Porto.

— Íamos começar.

— Pois comecem — puxou uma cadeira: — Aqui, Mário Alves. — Virou-se para o pianista: — Vamos, Julinho.

— A senhorita Leniza primeiro?

— Pode ser.

— O mesmo que ontem? — perguntou Julinho a Leniza.

As pequenas mexeram-se, ofendidas. Leniza viu o olhar de ódio e despeito que elas lhe lançavam e resolveu aniquilá-las:

— Sim. Mas eu acho que primeiro devem ir as veteranas,

e mesmo que não seja assim, quem chega por último deve ser a última...

A atitude das pequenas se transformou: — Oh! não! Tenha a bondade! Nada disso! Faz favor!... Ora!... — mas Leniza insistia com o melhor dos sorrisos:

— Serei a última. Será um prazer.

Porto sorriu maldoso:

— Isto aqui está mudando... Vê se compõe um samba comemorativo, Olinto, você que tem bossa. Eu dou o título: "Rádio Itamarati"...

Uns com gosto, outros por servilismo, todos riram. Julinho correu os dedos pelo teclado num acorde floreado — então? Marlene avançou com passo fatal, vestido preto excessivamente comprido, o cabelo partido ao meio, muito esticado de cosmético:

— Começo eu — disse num sotaque estranho.

— "Tengo miedo?" — perguntou o pianista.

Marlene bateu com a cabeça que sim, abeirou-se mais do piano, Julinho começou. Ela, revirando os olhos bistrados, caiu numa espécie de transe. Cantava só tangos.

ERA PERTO DE SEIS HORAS quando Leniza deixou o estúdio. Mário Alves, que aguentara firme a secura com que ela o tratara a tarde toda, propôs que fossem tomar um troço qualquer. Leniza escusou-se: Não. Estava sem nenhuma vontade. E mesmo queria chegar cedo em casa. Estava pregadíssima. Mário Alves fitou-a sério:

— Leniza, eu acho que você não tem razão...

— Razão de quê? — cortou-o com uma ponta de desprezo.

— Razão de ter para comigo, desde ontem, essa atitude hostil, desagradável.

— Ora, Mário, cada um sabe de si. Adeus! Vou pegar o ônibus.

— Não. Vem cá. Vem comigo. O carro está ali pertinho. Temos que conversar.

— Não sei o quê — e Leniza fez sinal para o veículo parar.

Mário, num assomo de cólera, teve vontade de tomá--la pelo braço, sacudi-la, espinafrá-la: — Que é que você está pensando de mim, sua bestinha?! Mas dominou-se. O ônibus parara.

E Mário se enfiou nele, atrás de Leniza, que foi se sentar no último banco.

— É perseguição?

— Eu acho é que é mais prudente você mudar o tom da valsa, antes que eu estoure — e mostrava uma fisionomia tão carregada, tão diferente da fisionomia habitual, um pouco fátua e aparvalhada, que Leniza atemorizou-se.

— Me desculpe, Mário. É que eu estou muito nervosa.

— Por causa de ontem?

— Por tudo! — e virando o rosto, colou-o à vidraça.

Mário abrandou-se mais, tomou-lhe a mão: — Isso passa... — e deu com o homem do banco ao lado, um homem narigudo e amarelo, olhando fixo para ele. Raio! que encontrava alguém em que pudesse descarregar a cólera que guardara. Seguro da sua superioridade corporal, encarou-o, duro, agressivo: — Perdeu alguma coisa na minha cara?!... O homem amedrontou-se, disfarçou, acendeu um cigarro, fingiu que se interessava pelos anúncios do carro. Mário, que não deu mais uma palavra, não tirava os olhos dele — se tiver a petulância de me olhar, eu dou-lhe um bife! Saltaram afinal. Mário, de passagem, tentou lançar um último desafio ao homem que, como se o adivinhasse, soube disfarçadamente fugir à provocação.

— Podia bem ter evitado essa caminhada, Leniza (o ônibus passava um pouco distante da ladeira).

— É.

— Não quer falar?

— Não.

Mário Alves tomou-lhe o braço, puxou-a como se puxasse o homem do ônibus para tomar-lhe uma satisfação:

— Deixa disso, Leniza. Assim não pode ser. Vamos resolver nosso caso (falava asperamente, o cenho carregado, sóbrio de gestos — um Mário irreconhecível!). Estou percebendo nos seus modos apenas uma coisa — você me usou como escada. Agora quer me botar fora — fez um gesto de superioridade: — Acho que ainda é cedo, muito cedo. Não se precipite. Nada de falseta! (como se falasse ao homem do ônibus): — Você não me conhece! E ainda não estás nem no primeiro degrau. Sujo o mapa!

Leniza virou-se repentina:

— Não, Mário! Não faça este juízo. Não!

Ele pronunciou muito bem as sílabas:

— Você quer continuar comigo?

— Mário!...

— Responda.

Ela baixou os olhos:

— Não.

Ele, arrastado pelo fogacho de coragem, de machice (tinha uma queda irresistível pelos malandros, valentes, invejava-os, gostaria de ser um deles) perdera a realidade. Tonteou com a resposta real, seca, decidida, mas insensivelmente levantou a voz:

— Mas por quê?...

— Por medo, Mário, medo — gemeu numa depressão.

— Mas medo de quê, Leniza? — perguntou ele, ainda meio vago, com um acento de proteção.

— De tudo.

— De tudo, de tudo... É muito vago, Leniza — mostrou ainda uma última fumaça de dominação: — Quero saber de quê. Tenho o direito de saber.

Leniza teve ímpeto de repeli-lo: — Com que direito, idiota? Com que direito? — mas guardou-se. E um medo surdo, dissolvente, um medo singular (ela que se sentia tão corajosa, tão forte!) dominou-a inteiramente. Baixando a voz, mentiu como um refúgio:

— Tenho medo de um filho.

Medo de um filho? Que absurdo! Não era motivo para ela ter medo. Era só ter cuidado. Então ela não sabia como evitá-lo? Ela disse que não, como teria dito que sim. Ele riu:

— Pois não ficará ignorante, deixa estar. Não faltará ocasião para eu te ensinar. (Ela teve-lhe ódio! — devia ensinar à mulher.) E ele continuou: — E para ser franco, pensei que você fosse mais sabida, meu bem. Medo de um filho... Que absurdo!... Que ideia mais fora de moda... — fez uma pequena pausa: — E era essa a causa de toda má vontade comigo?

— Era — respondeu ela mordendo o nó de um dedo.

Ele sorriu, superior:

— E eu que pensei que era por outro motivo...

O ódio por ele cresceu no peito de Leniza. Um ódio imenso, um ódio terrível, avassalante, um ódio que saltou para fora num sorriso mofador:

— É muita ladeira para um homem só!

Estavam na ladeira. Um cheiro gorduroso de cozinha vinha no ar. Mário sentiu-se satisfeito com a piada — Leniza voltava a ser a mesma. Soltou com alegria:

— Não te impressiones que eu paro por aqui mesmo!... — Tomou-lhe a mão e alisando-a, fazendo os olhos doces, desejosos, perguntou: — E amanhã, onde?

Com os olhos miúdos fuzilando por trás das grossas lentes, o prático, o guarda-pó com mil manchas, na porta da farmácia, observava-os. Observava-a principalmente. Tentara em tempos se embandeirar para cima dela — o sujo! — mas tomara o contra bonito: — Qual! você não se enxerga não?... Leniza viu-o, adivinhou-lhe os pensamentos. — Imbecil! — mas desprendeu a mão:

— Cuidado, Mário! Todo respeito. Nada de manifestações aqui. Você não sabe quem é essa gente.

Mário Alves compreendeu, ela sorriu ironicamente, ele não compreendeu o sorriso e, muito artificial, muito teatral, cumprimentou-a com delicadeza apenas:

— Quando?

— Amanhã no estúdio — e se portou tão artificial, tão teatral quanto ele.

Pareciam representar uma comédia.

— E depois?

— Depois não sei — e pôs-se a subir a ladeira devagar. Mas quando ele sumiu, acelerou o passo.

Dona Antônia estava na porta, enxugou as mãos no avental, investiu com espalhafato:

— Ora, viva! Dá cá um abraço!

— Muito agradecida, dona Antonia. (Dona Antônia cheirava a sabão, a cebola, a óleo de babosa, a suor. Dona Antônia sabia. Logo, toda a rua sabia, todo o bairro sabia. Era a gazeta da zona.)

— Seiscentos bagarotes, me disseram. Que mina, hem!...
Não queres saber mais de outra vida, não é? (E pensava: está
aí, está na vida.)

Mas Leniza pediu desculpas, ia entrar, estava muito
cansada do ensaio. (Dona Antônia comentava o tal "cansaço
do ensaio" ao seu modo: — Que vaquinha! Também nunca
se enganara com ela... Era só ver aquela cara...) Depois, com
calma, viria contar tudo. Era o que dona Antônia pedia,
exigia: tudo! Queria saber tudo! Diziam que esse negócio
de rádio, lá dentro, era uma pouca-vergonha, uma grossa
bandalheira. Nunca acreditara, nunca! Só acreditava no
que via. Levantava piedosamente os olhos para o céu:
Deus é testemunha. Agora tinha a prova. Ela, que era uma
menina direita (carregava no "direita") não se iria meter
lá dentro se fosse como diziam.

— Falam muito, dona Antônia — (Que bandida! Era
de se escarrar na cara!)

— É isso mesmo, Leniza. Falam muito.

E Leniza entrou em casa. Encontrou a mãe na cozinha,
preparando um emplastro de farinha de mandioca.

— O marceneiro piorou?

A mãe afirmou que sim:

— Ainda há pouco teve um acesso fortíssimo. Até pôs
sangue.

Leniza tirara a boina, estava com ela na mão:

— Mau, coitado!... Por que não chamou um médico,
mamãe? Seria melhor.

Dona Manuela balançou os ombros como complemento à frase predileta:

— Isso é lá com ele. — E noutro tom: — E você, como se foi?

— Bem. Muito bem. Mais uns dois ensaios e entro no programa.

Dona Manuela ensurdeceu tristemente a voz:

— O povo aí fora está como quer. Num corta danado.

— Não precisava me dizer. Já sei. O Maneco da farmácia me olhou como se eu fosse um fenômeno. Quando subia a ladeira, estava ouvindo os cochichos atrás das janelas. Dona Isabel estava na porta de sentinela. Mas passei de longe. De dona Antônia é que foi impossível fugir.

— Estiveram hoje aqui. Não pude mentir. Confirmei tudo: era, era, era... Mesmo, mentir para quê? Que é que tem de mau você cantar no rádio? Elas é que acham! Cambada de gente à toa! Falam, falam, não olham para os rabos. Dona Antônia... hum!... — e dona Manuela teve um risinho.

— É deixar falar. Falar até cair a língua. É mágoa. Mas, afinal, mamãe, como é que essa gente soube? Você disse alguma coisa?

— Nada, nada!

— Será que elas adivinham?

— Não teria sido seu Alberto? — aventurou dona Manuela.

— É... Talvez... O tagarela. E onde está ele?

— Saiu.

— Milagre?

Dona Manuela não pôde deixar de rir:

— Não. Foi comprar uns remédios para o marceneiro.

— Mas na farmácia ele não estava, que eu vi.

— Só se seu Manso não tinha e ele foi mais longe.

Dona Manuela terminara o emplastro, levava-o fumegante para o doente.

— Depois vamos comer, não é mamãe? Estou com pressa.

A mãe parou um instante no corredor:

— Ainda vai sair?!

— Só no telefone.

— Ah!... — e Dona Manuela mergulhou no quarto do marceneiro.

O armazém fechava às sete horas, mas continuava a vender até as dez pela porta dos fundos. Leniza foi entrando:

— Dá licença, seu Gonçalves?

Seu Gonçalves, que conferia cadernos da freguesia, levantou o nariz lustroso, pendurou o lápis atrás da orelha cabeluda:

— A menina sempre está a cantar no rádio?

Os dois caixeiros olhavam para ela como se nunca a tivessem visto.

— Estou, sim, seu Gonçalves — respondeu Leniza num requebro, tirando o fone do gancho. — Por quê? Acha mau?

Seu Gonçalves ficou evidentemente confuso:

— Não! — não achava. Estava muito bem. Mas pensara que fosse boato.

Leniza discava:

— Aposto que já lhe encheram os ouvidos. Não tem importância. Não ligo. É mágoa dessa gente... Alô! É do Edifício Castro? Podia fazer o favor de me chamar o dr. Oliveira? — Seu Gonçalves troca olhares com os caixeiros. E o porteiro informava que o dr. Oliveira não estava. — Mas ele ainda não chegou? — Já chegara, sim, mas saíra logo, não queria deixar algum recado? — Não, obrigada — e Leniza com melancolia despediu-se do vendeiro que trocou novos olhares com seus auxiliares, com melancolia subiu a ladeira. Rádios fanhosos, falatórios, berros, choros de crianças...

Ia subindo. Gatos e cães assaltavam as latas de lixo. Um caco de lua perdia-se no céu. Um cheiro de mar, um cheiro acre de mar chegava no vento como um convite. Partir! Tudo deixar para trás, esquecido para sempre. Tudo deixar para trás como se nem tivesse existido. O voo do morcego amedrontou-lhe os passos. Parou. Estava em casa. A porta rangeu. O corredor apagado. No fundo, a luz flébil, amarela, da sala de jantar. Foi entrando. A mãe remendava um vestido. Seu Alberto dormitava, cansado, contra a mesa. Nunca a miséria daquele ambiente lhe pareceu tão grande, tão deprimente. Partir! Partir para onde? Não sabia. Partir! Partir apenas, sem destino, para nunca mais voltar. Empurrou a porta do quarto. A mãe levantou os olhos, seu Alberto despertou:

— Boa noite, dona Leniza. — E com interesse: — Então, como se portou hoje?

— Muito bem, seu Alberto, mas cansadíssima. Com licença — fechou a porta, atirou-se na cama, despida.

O quarto tornou-se enorme. É um mundo, um mundo escuro, onde o pobre coração se refugia em lágrimas surdas, fáceis, consoladoras. Quando acordou era alta noite, um silêncio profundo dominava toda a casa, toda a rua, todo o bairro. O tique-taque do relógio aumentava ainda mais o silêncio. Lembrou-se das palavras ouvidas num silêncio assim, dentro de uma noite assim, na casa pequena da rua da América. Parecia que as estava ouvindo novamente, martelando o silêncio, tornando o silêncio maior, mais doloroso, mais ameaçador. "Não devia perdoar. Eu só tenho te ajudado na vida. Você se esquece, você finge esquecer. Tenho sempre te ajudado nos momentos mais difíceis, dia e noite, sem uma queixa, tolerando tudo, suportando tudo. Nunca reclamei nada. Nada! Nunca! Mas assim também é demais, Martin. Demais! Passa da conta. O que os olhos não veem o coração não sente, mas eu sempre vi tudo, Martin. Tudo, tudo!" Depois os soluços, os soluços, os soluços, e a voz de seu pai se debruçando: "Manuela, Manuela, me perdoe!... Ah, Manuela, eu não sei o que é que me arrasta. É o diabo, Manuela, é o diabo que me tenta, que me arrasta, não tenho forças, Manuela, não tenho!..." E os soluços, e os soluços, os soluços de dois na noite imensa.

LENIZA BATEU DE MANSINHO na porta. Oliveira, que enxugava as mãos, conheceu as pancadas:

— Pode entrar.

Leniza entrou. Estava abatida. Oliveira também.

— Fez da boa ontem, não é? Fiquei esperando pela senhora a tarde toda aqui e a senhora nada!

— Eu não te disse que não vinha? Era impossível — e sentou-se.

— Impossível por quê? Não está de férias?

— Porque era impossível.

Ele veio se sentar na sua cadeira giratória:

— A água do mar é salgada porque é salgada. Qual!... Você continua cada vez mais a mesma.

— Gosta de mim assim? — e Leniza sorriu com tristeza.

Oliveira levantou-se, tomou-a nos braços, beijou-a fundamente:

— Eu nem sei como gosto de você! Sei que gosto muito, muito!

— Mas de vez em quando odeia...

— E tenho razão.

Leniza libertou-se, tornou a se sentar. Ele tentou abraçá-la novamente:

— Tenho ou não tenho razão?

Ela não respondeu. Levantou os olhos, fitou-o. Os olhos sofriam. Ele abaixou-se:

— Estás pálida... Que tens?

Ela debruçou-se sobre a secretária, escondeu a cabeça entre os braços, rompeu num pranto alto e convulso. Ele caiu-lhe aos pés:

— Que tens? O que é isso? Por que isso?

Ela atirou-se contra ele, abraçando-o, aflita, nervosa:

— Nada! Nada! Nada!

As lágrimas secaram. A calma voltou. Ela estava deitada sobre a mesa acolchoada de exame, com o lenço dele, encharcado, na mão. Oliveira afagava-a apaixonadamente. Perguntou com ternura:

— Afinal, por que foi isso, meu amor? Que te aconteceu?

Leniza perguntou-lhe à queima-roupa:

— Quem era aquele homem ontem?

— Que homem?!

Ela sentou-se na mesa:

— O Gomes.

Olhou-a sério:

— Você ficou me vigiando?

Leniza baixou os olhos, Oliveira repetiu:

— Você ficou me vigiando?

Ficara, sim. Perdoasse. (Sentia-se como uma fraca criança perdida numa floresta.) Agarrou-se novamente a ele, abraçava-o, abraçava-o — perdoasse, perdoasse. Oliveira perdoava:

— Que desconfiança tola. Então não tenho sido sempre sincero para você? Diga, não tenho? — e ele mesmo respondeu, abafando a voz, colando a boca contra o corpo dela:

— Tenho. E que não fosse. Não havia motivo para você se queixar. Porque embora eu te ame, embora você diga que me ama, não passamos daí. Pelo contrário, sinto que a cada dia nos afastamos mais de tudo que poderia nos salvar. Porque...

Ela descera da mesa, enquanto ele falava, fugindo-lhe ao olhar. Sentou-se na cadeira junto à secretária, a cadeira dos clientes. Ele termina. Houve um silêncio. Ela olhava a parede, olhava para o pequeno busto branco de Pasteur sobre a vitrina dos ferros cirúrgicos. Ele sentou-se, perguntou:

— E você sabe o que é que o Gomes veio fazer?

Ela afirmou com a cabeça. Oliveira sorriu, amargo:

— É o azar.

Ela fitou-o então:

— Foi em jogo? (sabia que ele jogava, perguntava inutilmente. Mesmo que ele negasse...)

— Foi.

— Para que você joga, Oliveira?

— Não sei.

Ela calou-se. Sentiu-se fraca para lutar por ele. Incapaz de socorrê-lo. Não se sentia com coragem de desperdiçar as suas forças em problemáticas tentativas. Precisava egoisticamente das *suas* forças para atingir os *seus* fins. Limitou-se a perguntar:

— Ele era do jogo?

Oliveira procurou apoio, contando tudo. Não. Não era. Era um agiota a que recorrera. Perdera seguidamente. Atrasara o aluguel do consultório, o aluguel do apartamento, o aluguel da garagem, da bomba de gasolina. Atrasara a pensão, o alfaiate... Não havia outra solução senão um agiota. Pediu três contos. Liquidara todas as dívidas (mentia), o pouco que sobrou, perdeu. Contava poder pagar na data. Foi impossível. A clientela cada vez pior...

— E você jogando sempre, não é?

Ele não respondeu — sacudiu a cabeça como se enxotasse qualquer pensamento penoso, passou a mão pelos cabelos, soltou um suspiro fundo.

— Quando foi que você pediu?

Viu que o apoio não vinha. Sentiu-se miserável, infeliz, fez um gesto vago:

— Há uns três meses...

Leniza levantou-se:

— Vou indo.

Ele permaneceu sentado:

— É cedo. Fica mais (para quê?)

— Não. Preciso ir. Amanhã virei.

— Vai se encontrar com o Mário?

Estacou com a mão na maçaneta. Muda, séria de um sério quase feroz, encarou-o. Ele sorria, entre piedoso e escarninho. Ela bateu a porta com violência. A sala de espera estava vazia.

FOI NO ESPELHO DUMA vitrina que ela viu que estava com os olhos um pouco inchados. O pó de arroz trabalhou para disfarçá-los. Deu umas voltas pela cidade, consultando em vários espelhos o estado dos olhos, e às quatro horas — ninguém diria que chorara! — estava no estúdio para o ensaio. Mário Alves esperava-a:

— Saímos juntos?

— Saímos.

— Mas de boa cara?

— Sim. Como amigos.

— Não serve.

— Bons amigos.

— Não conheço essa espécie de bicho.

— Vá catar piolhos.

— Só se for no Porto.

Porto chegava:

— Que foi?

— Pergunte ao Mário Alves. É o engraçado.

— Que foi, veneno?

— Pergunte à grande artista.

— Faz de tolo, faz... — riu Leniza.

— Vocês hoje estão com boas tripas — estranhou Porto.

— Fizeram as pazes direitinho, não foi?

— Nunca estivemos brigados — respondeu Leniza prontamente.

— Arrufados... — sorriu Porto.

— Nem isso.

— Então o jeito de vocês dois ontem aqui era esporte, não é?

— Mais ou menos — e Leniza caminhou para o piano.

Porto piscou o olho para Mário. O pianista levantou-se para Leniza:

— Sempre firme, não é?

— Mais ou menos.

— Ela hoje está por conta do mais ou menos — aparteou Mário Alves. — Não repare.

O mulatinho mostrou a dentadura — dente sim, dente não. Entravam Nair e Marlene acompanhadas de Olinto. Celso Martins chegou depois, queixando-se da garganta (envolvida num lenço de seda) e acompanhado de um admirador. Marlene trazia ostensivamente o último número do *Alto-Falante* com um retrato seu na capa. O pianista quis ver. Ela passou-o, com langor:

— Os fãs exigem...

Leniza invejou-a. Celso debruçou-se sobre a revista:

— Faltam os bigodes, Marlene. O diretor da revista cortou?

Todos riram, satisfeitos. Ela queimou-se:

— Para publicarem o teu, tens que pagar muito, meu bem. E para ser espirituoso é preciso primeiro ter educação.

Olinto foi-se afastando do grupo:

— Trovoada hoje aqui está barata e eu estou sem para-raios.

— Se chifre serve, ele está garantido — soprou Celso ao ouvido do pianista.

Marlene ia explodir. Mas Porto apaziguou tudo com a ordem de começar o ensaio.

— Tenho novidade — disse Nair.

Trazia um samba novo, ainda em manuscrito. Abriu-o na estante do piano. Julinho sorriu irônico:

— É seu também?

Ela foi a única que não percebeu a perfídia:

— É sim.

Semanalmente comparecia com sambas novos. Dava-os como seus e como tal eram anunciados no microfone, elogiados nas seções de rádio dos jornais; mas todo mundo sabia que eram de autoria de Chico Pretinho, camarada jovial e encrencado, ex-guarda-civil, ex-chofer, ex-boxeador, apelidado, pela sua inconstância, de *Ex-Tudo*.

O pianista começou a tirar a música, devagar. Era dos únicos que tocavam por música (o grosso tocava de ouvido, tinha o dote por genialidade — saber música pra quê?!) Nair cantava baixinho, parava, voltavam atrás.

Afinal acertaram. Ela aumentou o volume da voz, que não era nem muita nem boa:

Quero te pedir perdão
pela minha ingratidão.
Já paguei muito bem pago
a loucura de ter te abandonado.

Porto era gramatical de vez em quando:
— Pago ou paga? Nair virou-se:
— Pago, mesmo.
— Está errado.
— Não está errado, não, Porto. Rima com abandonado.
— Você não entende disso. Cala a boca, não dê palpite. Pago é asneira. Tem que concordar com loucura. Trate de consertar a letra.

Nair ficou mais embaraçada do que zangada:
— Mas agora?!...
— Agora, logo, amanhã, quando você quiser. Mas mude, rapariga. Já não são poucas as besteiras que têm saído desse microfone.
— Falando em besteira, você soube da mancada do Mendes, ontem, Porto? — perguntou Julinho.
— Não. Mas imagino.
— Cantou uma primeira audição. Não fiscalizaram o gênio e ele saiu com um "é brio de amor" em vez de "ébrio de amor".

As gargalhadas foram unânimes.

— Que animal! — decretou Mário Alves.

— De dezoito quilates — emendou Julinho.

— É uma estação extraordinária... — riu Porto. — Ganha da Continental em burralidades. Escore elevado. Mas vamos ao ensaio senão não há tempo. Vá você, Leniza, que amanhã começará a brilhar.

Marlene lançou a ela um ar de supremo desprezo.

NA RUA, Leniza perguntou:

— Você acha que eu fui bem mesmo, Mário?

— Se foi! — e Mário deu-lhe o braço: — Aliás o Porto é franco. Não mente.

— Não mente muito, quer você dizer, não é?

— Você acha?

— Acho. Gosta um pouquinho do lero-lero... O que ele diz para mim, já reparei, diz também para Marlene e, vamos e venhamos, ela é um fracasso.

— Um facão desgraçado! Mas de corpo não é...

— Nem por isso.

— Porto deve saber um pouco melhor que você.

Houve uma pausa. Leniza continuou:

— Ele ainda não me falou em dinheiro.

— Então não combinou?

— Combinou aquilo que você ouviu. Depois não tocou mais no assunto. Bem que eu tenho vontade de perguntar:

Então como é?! Mas tenho tido vergonha. Por que você não fala com ele, Mário? Vê se acerta, como se fosse negócio seu. Vê lá. Estou vendo que aquele pessoal todo é de beiço que funciona. E comigo, nada disso. Quem trabalha de graça é relógio. E olha que eu deixei o emprego.

— Você deixou o emprego? — e Mário chegou a parar.

— Deixei.

— Você é maluca!

— Maluca por quê? Estou farta de misérias com xaropes.

Mário Alves tornou-se sombrio, apreensivo. Leniza puxou-o:

— Você acha que fiz mal?

— Acho, e muito!

— Mas, por quê? Me explique.

— Porque a Metrópolis não é muito certa.

— Não paga, quer você dizer, não é?

— Paga, sim, Leniza. Mas atrasa. É uma estação pequena, sem recursos, luta com muitas dificuldades.

Leniza deu um solavanco:

— Paga nada! Eu bem estava vendo que havia marosca nisso tudo, e você está metido nela!

— Não, Leniza. Juro.

— Jura o quê?

— Que não estou metido em marosca nenhuma. Juro!

Leniza girou nos calcanhares:

— Eu vou é lá botar tudo isso em pratos limpos! Ande, vamos!

— Leniza, tenha calma. Não vá fazer burrada.

— Que burrada nada! Burrada já fiz, e grande. Ande, vamos.

Mário Alves puxou-a:

— Vem cá, Leniza. Calma. Vamos conversar direito.

— Não!

— Assim nada se consegue.

— Eu quero é explanar tudo! — gritou ela. — Não fica assim, não! Tem medo?

— Não dê escândalo na rua, Leniza. Não fica bem. Calma.

Leniza pareceu acalmar-se. Estavam sendo olhados. Envergonhou-se e entrou pela primeira porta. Era um restaurante modesto. Foi-se esconder no pequeno reservado, deserto. Mal se sentou, desandou a chorar. Mário Alves sentou-se ao lado, falou baixo, delicado:

— Calma, Leniza. Não chore. Eu explico.

— Sai daqui!

Procurou afagá-la.

— Tira a mão! Saia! Você é um nojento!

O garçom chegava. Mário Alves confabulou. O espanhol olhava de soslaio, balangando a luzidia careca. Leniza escondia o rosto, soluçava. Quando o garçom virou as costas, ela levantou a cabeça, abriu a bolsa, tirou o lenço, enxugou as lágrimas, passou pó de arroz no rosto. Mário

Alves acompanhava os movimentos, mudo, vexado. Ela fechou a bolsa com um estalo:

— Foi bom para começar. É assim que se aprende — e levantou-se.

Quando o garçom chegava com o serviço, ela saía. Mário Alves atirou dois mil-réis na mesa e foi-lhe atrás. Caíram na multidão. Era noite fechada. Fulgiam anúncios luminosos. Os bondes apinhados, lotados os ônibus. Estrugem buzinas, estampidos, campainhas, rangem freios, descem portas de aço com estrépito de metralhadoras. Há o tropel e o vozear dos transeuntes, o alarido sensacional dos vendedores de jornais, um cheiro quente de gasolina. E eles caminham, o mais depressa que podem, através da onda humana. Não falam. Vem uma esquina. O sinal fechou como um olho de sangue. Leniza sentiu as pernas bambas. Sentiu uma coisa passar-lhe pela vista como uma mancha, uma nuvem cheia de pontos luminosos. Um suor frio escorreu-lhe pelas têmporas. A cabeça rodava. Agarrou-se instintivamente ao companheiro:

— Me segure. Vou cair.

Ele amparou-a. Ela estava branca como cal.

— Procure reagir.

Arrastou-a, trôpega, uns dois passos, encostou-a numa porta fechada. Ela tirou a boina. Ele puxara o lenço, abanava-a. Leniza foi melhorando.

— Passou?

— Mais ou menos — e correu a mão pelo rosto.

— Vamos tomar um cafezinho. É muito bom para reanimar.

— Espera mais um pouco.

Afinal, Leniza sentiu-se mais firme:

— Vamos.

Atravessaram a rua, entraram no primeiro café. Leniza sorriu tristemente como se tivesse sido vencida:

— Que fiasco, hem!...

— É nervoso. Passou, não?

— Está passando. Mas como me senti mal, Mário. Que agonia. Pensei que ia morrer.

— Que bobagem...

— Verdade.

— Já teve isso alguma vez?

— Nunca.

O cafezinho levantou-lhe as forças. Sentiu-se bem, somente um pouco trêmula ainda.

— Coma um bolinho. Não terá sido também fraqueza, estômago vazio?

— Não.

— Então tome mais um cafezinho.

Leniza aceitou. Tomou-o devagar, aos golinhos. Mário Alves acendeu um cigarro. A fumaça levada pelo vento envolveu Leniza.

— Te incomoda?

— Não. Até é bom.

Mas ligaram o rádio do estabelecimento. Um samba batido dominou o burburinho. Era o samba do dia — "Foi um sonho e nada mais". Leniza levantou-se num repelão: — Vamos — e caminhou para a porta. Mário Alves atrasou-se pagando a despesa, foi encontrá-la na rua, cujo movimento diminuíra sensivelmente, encostada ao gradil de uma árvore, pensativa, como arrependida da sua atitude. Foi discreto por instinto e ofereceu-lhe o braço. Ela aceitou, andaram. Iam rente às vitrinas ofuscantes, sem olhá-las. Passaram o cinema barato, um ponto de jornais, o bar automático, donde vinha um cheiro nauseabundo de gordura rançosa, um varejo de cigarros. Onde iriam? Atravessaram a rua, pegaram a calçada oposta. Onde iriam? Cada um esperava do outro uma proposta. A orquestra do restaurante se esforçava numa valsa vienense. Gritou a iluminação de outro cinema barato, de cartazes pavorosos e compridas bichas na bilheteria. Mário Alves tomou uma resolução:

— Vamos tomar aquele ônibus.

Leniza deixou-se levar. O trocador irritava-a, tilintando os níqueis na mão. Por que não parava com aquilo? Olhava-o, rancorosa. Mas ele se sentia satisfeito com o seu ingênuo brinquedo e continuava... Era abominável! Não suportava mais, bulia-lhe com os nervos como um suplício. Saltaram no Flamengo. Na porta do apartamento, Leniza parou:

— Devia ter ido para casa, Mário. Estou tão cansada...

— Pois descanse aqui — empurrou-a brandamente para dentro. — Mesmo, com calma, tenho que te explicar tudo.

— Não precisa explicação nenhuma. Você não tem culpa — (sentia-se relaxada). — A única culpada sou eu.

— Mas...

Leniza tapou-lhe a boca com a mão:

— Não — e noutro tom: — Você hoje está sem automóvel?

— Deixei na porta do estúdio.

— Que maçada!...

— Nenhuma. Iremos daqui até lá de táxi, apanhá-lo. Mas ainda falta muito tempo, não é? — e sorriu insinuoso.

— É o que pensa talvez. Mas garanto que não.

— Só se sair pela janela, porque a porta está fechada e a chave está aqui — e apontou o bolso da calça.

— Engula-a. Ficará mais garantido.

— É brincadeira minha — riu. — Ela está na porta. Mas com ela ou sem ela você está presa aqui em meus braços — e abraçou-a, beijando-lhe o pescoço, a orelha, os cabelos.

Ela procurou desvencilhar-se:

— Não. Hoje não. Não posso.

Mas caíram no divã. Para que esconder que Leniza...?

*

UMA GRANDE AFLIÇÃO assaltou-a quando se despediu de Mário e encetou a subida da ladeira sob os olhos do vigilante, que por acaso passava cá embaixo, na esquina. A cada passo, a angústia crescia. Crescia como uma ferida má, crescia, insuportável, gosto de traição na boca, gosto ácido... As têmporas latejam. Abriu a blusa para receber no peito o vento do mar como um alívio, como um refrigério, um calmante. Abriu o portão, abriu a porta. A casa estava às escuras. A escuridão é que pareceu acalmá-la. Não acendeu a luz. Foi tateando pelo corredor conhecido, na ponta dos pés. O chão estalava. A voz da mãe cercou-a do quarto:

— Tarde, hem!...

— É. Amanhã eu lhe conto tudo. Agora, não! Estou pregadíssima. Até amanhã.

Abriu a porta do quarto, acendeu a luz, atirou a boina, as luvas e a bolsa sobre a mesinha, pôs-se mecanicamente a se despir. Ratos andavam no forro. Caiu num sono profundo.

ACORDOU ÀS DEZ HORAS. A manhã era brilhante. Galos cantavam perto, um suave calor enchia o quarto e, no silêncio da casa, dona Manuela arrastava os chinelos, mexia em panelas. Leniza ainda ficou na cama, seminua, mãos na nuca, pensando. ....
.... Os minutos passam. O vento traz o palrar dum papagaio, o cacarejar de galinhas, apitos vagos, rangidos de guindastes distantes. Dona Manuela,

agora, abriu a torneira da cozinha num jato forte. Abriu, fechou logo. Leniza decidiu se levantar. Apanhou a toalha de banho (velha, rasgada) e marchou para o chuveiro.

— Bom dia, mamãe.

— Bom dia, minha filha. E então?

— Tudo bem, mamãe. Já te conto. Deixe espertar o corpo. Foi um caso sério ontem. Vá aprontando o café.

A água cai morna. Leniza sente-se revigorada, disposta, outra. Vai para a mesa com apetite de colegial. O café fumega na xícara, a mãe sentou-se defronte. Leniza, enquanto come, vai contando. Estrearia naquela noite, afinal, mas para isso fora uma coisa horrível o último ensaio. Marcado para as quatro, só começou mesmo às sete e interrompido a todo momento por causa de umas pequenas danadas de erradas. A estação parara às onze horas e elas ainda ficaram lá. Dona Manuela interrompeu-a: — Mas então você não jantou? — Não, não jantara. Mas ofereceram lá uns sanduíches com cerveja, sempre serviram para tapear. Aliás, não tinha fome. Pelo contrário. Quando acabou por fim a encrenca toda, estava era estrompada. Parecia que tinha levado uma sova de pau. Quase que aceitara o convite de uma colega, a Marlene de Andrade, muito boazinha, para dormir na casa dela, que é pertinho, num apartamento. Se o Mário Alves não tivesse se oferecido para trazê-la de automóvel, bem que teria aceitado. Felizmente, no que tocara a ela, correra tudo além das expectativas. Com o tempo iria melhor.

— Quer dizer que você hoje já canta, não é?

— De noite, no programa *Cidade encantada*. E assim todas as segundas, quartas e sextas.

— Eu vou ouvir na casa de dona Antônia.

Leniza levantou-se, sacudiu as faíscas de pão do vestido:

— É uma amolação a gente não ter rádio em casa. Para mim, então, agora é imprescindível. Mas deixa estar que no mês que vem eu compro um a prestação. Fez uma pausa, voltou com decisão: — Neste mesmo, sabe?

— Vê lá o que você vai fazer.

— Ora, mamãe, francamente!...

— Estou dizendo, porque estou vendo você se meter em muita embrulhada. Só no seu Nagib...

— Mas eu preciso!

— Eu sei. Mas prestação é um inferno!

— Não te impressiones.

— Não. Não me impressiono.

Dona Manuela, desde cedo, estava para contar a novidade, mas não sentia coragem... Aproveitou:

— Mas precisamos pensar que temos um quarto vazio — alisava o pano da mesa. — O marceneiro foi embora.

— Embora?!

— É, foi — se esforçava para ser muito natural, não dar ao fato senão uma importância relativa. — Ontem durante o dia. Para o Hospital dos Portugueses Desamparados. Piorou muito, coitado!... Botou muito sangue. Quase uma bacia. Não estou vendo jeito dele voltar, não.

— E não pagou, aposto.

Dona Manuela baixou a voz:

— Não. Mas também, pobre dele, com quê? Não tinha nem para comprar remédios. Seu Alberto é que andou emprestando.

Leniza deu dois passos na sala:

— É o diabo.

— Já falei com seu Gonçalves para ver se arranja quem fique com o quarto.

— Que não seja como esse.

— É da vida!... — suspirou dona Manuela.

— Mas quem se encrenca somos nós.

Leniza almoçou às pressas e, prevenindo a mãe que só voltaria muito tarde, depois da irradiação, rumou para o escritório de Mário Alves, que ficava num segundo andar da rua Senador Dantas. Como o elevador estava enguiçado, foi subindo. Atendeu-a um rapaz alourado, em camisa de esporte.

— O senhor Mário Alves está?

Não estava, mas não demorava. Coisa de um quarto de hora, se tanto. Fora almoçar, mas já fazia tempo. Não queria esperar?

— Se quero. Quem não espera, não alcança.

O rapaz riu, ofereceu a poltrona de pano-couro:

— Tenha a bondade, senhorita. Sentada alcançará melhor.

Leniza aceitou, medindo-o de alto a baixo. Pareceu-lhe simpático, alinhado, os dentes muitos brancos e perfeitos. Ela pareceu a ele fantástica, verdadeiramente alucinante! Seria freguesa ou comida do patrão? Para tirar a limpo, resolveu entabular conversa:

— A senhorita pretende comprar algum aparelho?

— Sim, pretendo. Vim conversar com o Mário Alves a respeito.

— Quer dizer que já tem algum em vista.

— Ainda não — (o rapaz era simpático, mas tinha cara de cachorro, de lobo, um bicho assim...)

— Se é assim, e se me permite, eu posso lhe mostrar alguns modelos.

— Perfeitamente — Leniza levantou-se e encaminhou-se atrás dele para o mostruário que ficava no fundo da comprida sala. — São muito caros?

Ele vergou-se, num gesto galante:

— Depende do que a senhorita chama caro...

— Sempre chamei caro a tudo que custa muito dinheiro, ué!...

— Aí é que erra, se me perdoa dizê-lo. Custa caro o objeto cujo preço não corresponde à sua utilidade. Ora, não pode haver nada mais barato do que um rádio, porque não há objeto mais útil do que ele. É o mundo em casa. Informa, diverte, instrui.

Estavam parados defronte ao mostruário, uns seis modelos diferentes, alinhados numa estante forrada de cetineta azul. O rapaz adiantou-se:

— São a última palavra em aparelhos, senhorita. Volume, tonalidade perfeita, absoluta seletividade — uma maravilha! — enquanto falava ligava um deles. O aparelho estalou depressa. Ele sintonizou uma estação local:

— Ouça!

— Sim, é muito bom.

— É uma autêntica maravilha, senhorita! A última palavra em matéria de receptores. Ondas curtas e longas. Não há uma semana que chegaram da América.

— E o preço? — e Leniza esticou o beiço.

— Deste?

— Sim.

— Dois contos e oitocentos, à vista.

— Passo.

— Acha caro?!...

— O meu "caro" é bastante diferente do seu, de maneira que não podemos nos entender sobre este ponto.

Ele mostrou um sorriso vitorioso:

— Perdoe, senhorita. Mas engana-se mais uma vez. Podemos. Nós temos aparelhos para todos os preços. Eu sei o que lhe convém.

— O mais barato.

— É este! — apanhou um aparelho de menor formato e colocou-o sobre o pequeno balcão. — Vai ouvir. Pouca diferença faz do outro. É de uma nitidez prodigiosa. Também ondas curtas e longas. Aliás digo-lhe: é o tipo que mais se vende.

— E quanto custa?

— Um conto, duzentos e cinquenta, a prazo.

— Puxado!

— Não diga tal, senhorita! Veja a sua qualidade.

Neste momento Mário Alves entrou e vendo Leniza não conteve a sua surpresa:

— Você por aqui?

— É proibida a minha entrada?

— Não. É bem-vinda. Mas que ventos te trazem cá? Apesar de todos os esforços foi teatral, artificialíssima:

— Você vende cebolas? Não. Pois eu não vim comprar cebolas. Vim comprar um rádio. E já escolhi qual. Seu empregado — e apontou-o — teve a bondade de me mostrar todos. Vamos é combinar o preço.

Mário Alves ficou bastante sem graça. "Está ficando muito sabida esta pequena", pensou. Ia cair com um aparelho, já sabia. Negar, porém, era indecente. Era preparar-se para o achaque:

— Está muito bem. Senta-te aqui. Mas espera um pouco. Deixe eu primeiro dar umas ordens — e virando-se para o empregado: — Eu fico no escritório, seu Augusto. O senhor pode ir almoçar.

Augusto já tinha almoçado. Compreendeu perfeitamente — é comida!

— Está muito bem, seu Mário. As notas da Casa Lelco estão na sua mesa. — Vestiu o paletó rapidamente, cumprimentou Leniza com uma curvatura distinta e saiu, numa sincera admiração pelo chefe, um herói para cavar boas mulheres!

Mário Alves dirigiu-se, então, para Leniza, que o recebeu com um sorriso um pouco desdenhoso:

— Parece que você não gostou da minha visita...

— É suspeita sua. Gostei, sim.

— Não adianta negar. Tua cara não nega. Pois não precisa se abafar: não é de graça. É sério. Eu quero comprar um aparelho. Preciso de um lá em casa. Você compreende — é para mamãe. O que eu quero de você é que me faça um preço camarada e deixe tempo para pagar. Não te impressiones que um dia eu pagarei.

— E você acha que eu vou te vender um rádio?

— Acho. Por que não?

— Eu não te vendo rádio nenhum, Leniza. Deixa de tolice. Escolha e leve.

— Não quero, Mário.

Ele cortou-a:

— Não me ofenda!

Leniza não compreendeu:

— Não estou ofendendo. Mas não quero. Quero é comprar.

— Sempre quis te dar um presente, meu bem — ("Por que ela não pedia mesmo ao trouxa do Oliveira?") — Chegou a ocasião.

— Não quero, já disse. Quero é comprado.

— Neste caso, compre em outro.

— Não precisa vir com brutalidades — e riu: — Mande o diabo do rádio!

(Perdera a parada. Não havia remédio): — Qual é que você gostou?

— Aquele pequeno, meio oval.

— Muito bem. É teu (seiscentos e oitenta mil-réis, líquidos!...) Queres que mande hoje, não é?

— Naturalmente. Quero que mamãe ouça — e encheu a boca — a minha estreia.

— Pois ouvirá — (acudia-lhe um plano para baratear o prejuízo. Seiscentos e oitenta mil-réis era muito dinheiro). — Só não posso mandar agora. O entregador está na rua. Mas de tarde o aparelho estará lá — (o que estava no escritório era novo. Na oficina tinha um em segunda mão, igualzinho. Era o que ele ia mandar. Sempre era uma defesazinha...)

— Está bem. Mande quando puder. Desde que mande...

— Antes das cinco estará lá. Sem falta. Pode ficar descansada.

Leniza levantou-se:

— Muito obrigada por tudo — e rindo: — Você não é tão ruim como parece.

— Muito obrigado.

— Não tem de quê. E vamos sair?

— Neste momento é impossível. O escritório não pode ficar sozinho.

— Ah, é.

— Mesmo porque tenho uma porção de negócios para resolver. E quem não trabalha não come. Mas às quatro horas, batata!, estarei no estúdio.

— Então, vou-me indo. Não quero te atrapalhar mais. Até às quatro, e mais uma vez muito obrigada.

— Ora!... Você manda. —Levou-a até a porta, beijou-a: — Até já, meu bem. Mas tens de descer pela escada. O elevador está enguiçado. É uma porcaria! Está permanentemente quebrado. Vivo reclamando. Não adianta. O proprietário não liga a mínima importância. Também, acabando o contrato, não fico aqui nem um minuto!

— Realmente é um bocado chato — e Leniza dirigiu-se para a escada — se é assim como dizes. Mas comigo, agora, não dá para zangas. São dois andares só. Vão mesmo nos calcantes. Para baixo todos os santos ajudam. Até logo.

— Não. Espere um bocadinho. Me responda depressa...

— Não respondo nada, não. Té logo.

A saia muito justa denunciava a dureza dos quadris, a dureza das coxas, a dureza das nádegas, o formato da calça.

— Té logo, *V-8*.

Ela levantou a cabeça lá embaixo:

— Piada da minha avó! — e sumiu no segundo lance da escada.

— DÁ LICENÇA?

Em mangas de camisa, fumando charuto, ventilador aberto, Porto escrevia:

— Pode entrar.

— Já entrei. Boa tarde.

— Boa tarde, Leniza. Como vai essa força, essa beleza?

— Indo.

Não se levantou, mas ofereceu com um gesto circular uma cadeira ao lado da escrivaninha, que era um modelo de desorganização:

— Abanque-se.

Leniza deixou-se cair com um uf! na cadeira.

— Cansada?

Leniza mexeu a mão no ar:

— Mais ou menos.

— É mais feliz do que eu. Estou inteiramente extenuado.

— O senhor trabalha demais.

— Isso seria o menos. Trabalho não mata ninguém. O pesado é aguentar essa gente. Você já percebeu que é bravinha, não percebeu?

— Tomei o cheiro — respondeu Leniza com um sorriso.

— Pois não fale muito porque daqui a um mês estará com o mesmo perfume — e mudando de tom: — Enfim, é hoje, não é?

— Parece pelo menos.

— É sim. Está animada?

— Bastante!

— É. Você é desembaraçada. E tem jeito. Tem. Pode dar coisa. Viu as notícias que eu fiz a seu respeito?

— Não. Não vi. O senhor tem aí?

— Tenho — remexeu um monte de jornais, passou alguns a ela: — Regale-se.

Leniza sentiu uma irreprimível emoção ao ler as notas. Eram curtas, elogiavam mais a sua beleza pessoal do que as suas qualidades vocais, mas repetiam duas ou três vezes o seu nome.

— Gostou?

— Magníficas! Posso ficar com os jornais? Queria mostrá-los a mamãe.

— Se pode! E se quiser levar estes também — e apontava a pilha — é uma limpeza que me faz.

— Mas todos trazem notícias sobre mim?!... — perguntou ingenuamente.

— Sobre você, não. Sobre as outras. Leniza foi pronta:

— Lixo com eles!

Porto rachou uma sincera gargalhada:

— Você é uma bola! — gostava do jeito daquela garota. E era bonita, mais interessante que bonita. O corpo...

O telefone tocou. Era ligação errada. Descansou o fone com fúria:

— São dez por dia! — e como Leniza se levantasse (sim, o corpo!... O imbecil do Mário Alves era positivamente um cavalheiro de sorte...), lembrou-lhe que devia tirar umas fotografias o quanto antes. Tornava-se imprescindível. Para botar nos jornais, nas revistas, nas vitrinas, no chifre do diabo! Umas fotografias decentes. De luxo. Retocadas. Mas Leniza não sabia onde tirá-las. Mesmo coisa boa era coisa cara, e ela andava de tanga. Pois ela não conhecia o Wangel? — e Porto namorava-lhe os seios. Não, não conhecia. E Porto explicou: era um craque, um artista! Muito safado, mas artista. Tirava retratos de artistas, de graça, como propaganda. Era muito amigo dele. Iria telefonar-lhe, apresentando-a, ela iria lá e estava tudo arranjado. Leniza agradeceu muito: — O senhor é um camaradão, seu Porto. Bem que o Mário me dizia. Eu vou. Amanhã mesmo. O senhor fala para ele hoje, não? Porto falaria naquele minuto mesmo, se ela quisesse. Não! Fale depois com calma. Mas não se esquecesse... — Porto protestou: como esquecer, se era tão interessado ou mais do que ela? Leniza caminhou para a porta:

— Bem. Até mais logo.

— Até mais logo, flor — e, com olhos compridos, seguiu o requebrar das cadeiras.

Leniza já estava na porta, fez-se um pouco séria, voltou-se, a mão direita apoiada no portal:

— Eu queria falar uma coisa com o senhor e afinal...

— Fale (tinha uma atitude de estátua, de beleza sólida, eterna, acima do bem e do mal!)

Leniza hesitou — fala, não fala, decidiu-se:

— Não. Depois. Logo.

— Como você quiser.

— Não se esqueça do Rangel, ouviu? — disse depois duma pequena indecisão.

— Wangel.

— Lá o que seja, não se esqueça — e fechou a porta. Falaria depois, pensou. Depois da sua irradiação. Naquela hora ficaria mal. O Porto tinha sido tão decente... Mas depois não tinha xepa, não. Como é, recebia ou não? De bóbis era para os trouxas!

QUASE MEIA HORA esperou Leniza que o cliente saísse. Havia sobre a mesinha empoeirada algumas revistas velhas, faltando páginas, sujíssimas. Teve nojo de folheá-las. Abriu foi os jornais que trazia. O Porto era uma mãe! Leu e releu as notas, encontrando em cada leitura um novo encanto. Precisava era dos retratos com urgência. Se tivessem saído com clichê é que seriam colossais! Foi pena. Também o Porto podia ter avisado antes... Enfim, no outro dia, logo cedo, havia de procurar o Wangel. Iria com o vestido novo, estampado, esporte, que lhe ficava tão bem. Tiraria sorrindo ou séria? Sorrindo talvez ficasse melhor, mais alegre. Mas isso era lá com o homem. Ele é que saberia. Quantos retratos lhe daria ele? De quantos precisaria o Porto? De qualquer jeito tinha de dar um à mãe, outro ao seu Alberto, um ao Oliveira... Ao Mário, não! Mas que dedicatória haveria de escrever para o Oliveira? Pensava em muitas, rejeitava todas. Que haveria de escrever? Se não escrevesse nada?... Não. Deveria escrever ao menos... A porta abriu finalmente. Oliveira acompanhava o cliente e se mostrava alegre. Leniza sentiu-se alegre também. Ele despediu o cliente — um velhote baixo e sanguíneo, de andar pesado e olhar matreiro — e veio para ela, que perguntou:

— É novo? Não conhecia essa cara.

— Não — e ele abraçou-a: — É velho. De vez em quando aparece. Muito ordinário, mas tem dinheiro, o patife! E paga na bucha. Cinquenta já deixou e vai render um pedaço. Tem um medo desgraçado de morrer.

— Ótimo!

— Entre.

Ela entrou no consultório. E aquelas paredes, aqueles objetos, aquela penumbra, aquele cheiro enjoativo de remédio — tudo tão conhecido! — fizeram-na cair bruscamente numa tristeza estranha, invencível. Virou-se para ele — estava sombrio também. Foi sentar-se na cadeira de sempre. Houve um silêncio — se olhavam. Ela estendeu-lhe os jornais:

— Trouxe para você ver.

— Ver o quê?

— Isto! — e apontou com o dedo uma notícia.

Ele leu-a. Leu-a rápido, levantou os olhos, perplexo:

— Você?!

— Acha que é milagre? — tentou gracejar.

Ele custou a responder. Pouco a pouco sua fisionomia passara da perplexidade à expressão de completa compreensão:

— Não. Acho que é o fim. Custou mas chegou — e devolveu-lhe os jornais.

Leniza não estendeu a mão. Dobrou-se para a frente, falou numa meiguice:

— Mas você não quer compreender, meu amor?

— Tome os jornais — e atirou-os no colo dela.

Foi um choque! O olhar fuzilou, esfogueou-se a face. Teve ímpetos de insultá-lo, insultá-lo muito, gritando, num escândalo, mas a garganta fechou-se num nó doloroso, não saiu nada. Ele olhava-a com uma calma dolorida, conformada. Levantou-se num desespero, caíram os jornais no chão, a voz saiu:

— Pois que seja o fim! Nunca devia ter havido princípio! — esperou instintivamente que ele dissesse alguma coisa, mais alguma coisa.

Oliveira continuou calado, olhando-a do mesmo modo, balançando a perna. Ela avançou para a porta, abriu-a com impetuosidade como se quisesse esmagar alguém.

Ele foi cruel:

— Olhe os jornais...

— Embrulha a tua estupidez com eles!

NÃO HÁ LUZ NEM ESTRELAS no retângulo negro da janela. A luz do abajur põe o quarto numa penumbra vermelha, reles e suspeita. O elevador sobe, desce, desce, sobe... Vem o quebrar das ondas fracas contra o cais, vem o chiado das ondas vencidas, fugindo por entre as pedras. Vem o vento do mar que balança, leve, as cortinas, que arrepia, leve, os corpos nus suando. Vem a dor do amor que leva Leniza da terra para o céu, numa vertigem.

— Dorme comigo esta noite, a noite da tua estreia.

Leniza espreguiça-se, os seios nus, o ventre nu, o cabelo revolto, numa tristeza que tem muito de remorso.

— Que horas devem ser?

— Dorme comigo esta noite.

Ela sentou-se na cama, os seios caíram como frutas:

— Não.

Mário Alves agarrou-a, dobrou-a novamente, beijando-a toda:

— Fica... Fica...

O tempo escoa, ao barulho do mar, ao vento do mar. Os corpos suam, fremem, abatem-se depois. Mário — e uma doce tristeza envolve-lhe os sentidos como um sudário — repousa a cabeça cansada sobre o ventre da amante, fecha os olhos. O rumor do corpo, o sangue circulando, o coração batendo, os intestinos num gorgulhar como a água esvaziando na pia — a matéria vivendo! Tudo é uma música misteriosa que ele ouve deliciado, deliciado e triste... O elevador sobe, desce, desce, sobe... Leniza se levanta do doce aniquilamento. Mário Alves estica-se:

— Dorme...

Ela está de pé, nua, sem pudor. O vento do mar bate mais forte. Ela se arrepia mais, se encolhe, agasalhando os seios com os braços. Dura um segundo a posição. Atira-se para as suas roupas. Estão jogadas a esmo no chão, na cama, numa cadeira. Em pouco está vestida. Mário Alves acompanha-lhe os movimentos, rolando na cama desmanchada. Deve acompanhar Leniza, mas que preguiça!... Ter de se vestir, de dar com os costados na Saúde, logo quando estava com o carro no conserto, regulando o diferencial... Largou mais uma vez como defesa:

— Fica, Leniza. Dorme. Diz que dormiu com uma amiguinha.

Ela pintava-se, parou:

— Você acha que me ensina alguma coisa a esse respeito?

— Então fica — e, rindo, puxou o travesseiro mais para o rosto.

Ela acabou a pintura, calçou as luvas, pegou a bolsa:

— Já vou. E acho que não tenho acompanhante — e frisou: — Na noite da minha estreia...

— Uma noite de estreia é uma noite igual às outras —
e ele ria. — Ou você tem medo de encontrar bichos na rua?

Ela pôs a mão na maçaneta:

— Depende do bicho — e abriu a porta.

— Muito obrigado, ouviu?

— Por não exigir que me acompanhe?

— Também.

— Ah! — fez ela já de fora. — És muito delicado.

— Até amanhã às quatro.

— Nem todo dia é dia santo, meu anjo — e se foi deixando a porta escancarada.

Mário Alves foi obrigado a se levantar para fechá-la. Pôs
o pescoço para fora. No fundo do corredor, ela esperava
o elevador.

— Você tem rabo? — gritou-lhe.

Ela virou-lhe as costas.

DONA MANUELA E SEU ALBERTO foram unânimes que
o rádio era superior, cem vezes melhor que o do vizinho.
Leniza sorria, examinando o aparelho.

— O som é magnífico, dona Leniza. Dizia-se que a
senhora estava cantando aqui dentro da sala. Não é, dona
Manuela?

Dona Manuela apoiou seu Alberto: não fazia diferença
nenhuma — perfeito.

— Não dá um estalo. E olhe que está sem antena!...
Leniza aumentou ao máximo o volume do som. Dona
Manuela tapou os ouvidos:

— Cruz, que barulheira! Diminui isso, menina! A gente
fica surda!

Seu Alberto ria, Leniza baixou o aparelho ao tom
natural:

— É só o rádio, o rádio. De mim não se fala nada, não é?

Como não tinham falado noutra coisa o jantar todo,
seu Alberto e dona Manuela caíram na gargalhada:

— Ainda quer mais?

— Quero — respondeu Leniza, zombeteira.

— Ela merece, dona Manuela.

— Olhe a história do sapo que arrebentou de inchado
— lembrou dona Manuela.

Leniza sentou-se em frente a seu Alberto. Tinha se saído
estupendamente, repetia ele. Estupendamente! Como ela,
estivesse certa, não era para adular, não — poucas! Muito
poucas! Era tocar para a frente. E a Neusa Amarante que
tomasse cuidado!... Leniza ouvia tranquila. Neusa Amarante que tomasse cuidado!...

Todos tinham gostado dela no estúdio. Ficara um pouco
nervosa no princípio, era natural, mas Julinho animara-
-a, venceu o nervosismo e se saíra perfeitamente. Cantara
com naturalidade, em meia-voz, bem junto ao microfone.
O crítico Arlindo se chegou para ela depois:

— Quem te ensinou a cantar assim?

— Assim como?

— Assim baixo juntinho do microfone...

— Ninguém. Por quê?

— Porque é assim mesmo que se canta, minha filha. Você tem instinto!...

Na saída, animada, criara coragem e abordara o Porto a respeito dos cobres. Ele confirmara o que tinha dito: três vezes por semana no programa *Cidade encantada*, cachê de quarenta. Mas receberia tudo no fim do mês para facilitar, o que equivale a um ordenado. Não ficava mesmo melhor? Ela achava que sim. Bolada é melhor. Dinheiro aos pinguinhos é o diabo. Escorrega como sabão. Quando a gente dá por ele, está a néris.

Estivera no apartamento de Mário Alves, saíra de lá tarde. Dormira tarde, acordara tarde. Depois do almoço fora procurar o Wangel. Wangel era camarada, maneiroso, grande cabeleira grisalha, que atirava constantemente para trás num golpe um pouco estudado, um tanto afeminado. Tratara-a muito bem. Achara-a muito bonita, muito fotogênica, tirara-lhe seis poses diferentes. — Vão ficar esplêndidas! — garantira. — A senhorita tem um quê de extraordinária sedução! E Wangel é artista! — levantava o braço, vibrante, como se estivesse fazendo um discurso inflamado: — Wangel é mestre!

Leniza ouve tranquila. Seu Alberto louva-lhe o sucesso, as qualidades, o futuro — seria brilhante! A luz amarela pisca. O rádio enche o ar com a melodia de uma valsa triste, uma valsa antiga, que traz uma saudade indefinida de outras épocas, de outra gente, de outros costumes. Dona Manuela levantou-se para ir arranjar um cafezinho.

— O que é preciso é a senhora não dormir sobre os louros. Ensaiar sempre. Arranjar novidades. Repertório sempre novo!

O ENSAIO ERA ÀS QUATRO, mas às três e meia Leniza chegava ao estúdio. Nair, que estava na porta, mascando chiclete, cumprimentou-a:

— Boa tarde.

— Boa tarde — e abriu-se num sorriso servil, de quem quer tê-la como aliada: — Como vai?

— Navegando...

— Vai ficar aqui na porta?

— Não. Estou esperando o Muci. Prometeu se encontrar comigo aqui às três e meia, para me mostrar um samba novo que ele quer que eu lance. Você tem relógio aí? Eu tenho mas está quebrado. Uso só para fazer farol.

— Não. Não tenho. Nem para fazer farol. Mas são três e meia mais ou menos. Vi num café ali adiante, agorinha mesmo.

— Então vou esperar aquele fístula mais um pouco.

— Pois eu vou subir. Té já!

— *Bye!*...

Quando empurrou a porta giratória deu de cara com Porto e um senhor alto, de meia-idade, que conversavam amistosamente, sentados num canto da sala.

— Boa tarde, seu Porto.

— Como é, pequena? Firme?

— Firme.

— É o que serve.

Ela caminhou em direção ao estúdio B. O senhor seguiu-a com o olhar e fez qualquer pergunta ao Porto, que respondeu olhando para Leniza e sorrindo. Dulce Gonçalves estava sozinha no estúdio, sentada, folheando umas músicas; estendeu para Leniza a mão fina, comprida, bem tratada, onde rutilavam anéis de complicados feitios:

— Como vai, minha flor?

Era lamentável como cantora, e, fato raro no meio, tinha perfeita consciência disso. "Mas onde chego, abafo!", dizia mostrando os dentes miraculosamente claros e iguais. E era verdade. A sua graça pessoal, a sua beleza muito re-tocada e o seu corpo tentador — e o que se propalava dos seus vícios! — faziam transformar a sua mediocridade vocal numa completa sedução, que ela sabia explorar com um tino admirável.

— Parece que somos as únicas que acreditamos nos ensaios, não acha?

Leniza sentou-se:

— Ainda é cedo. Três e meia só.

— É?... Pensei que passasse das quatro.

— Seu relógio-pulseira também não funciona?

— Nunca funcionou na vida dele. Beleza para se olhar apenas — e Dulce levantou o pulso, num gesto coquete, para mostrar a joia. — Mas por que pergunta? O seu também é assim?

— Não. Eu não tenho. Mas é que o da Nair também não regula.

— Você viu esta rica prenda agora?

— Nair?

— *Yes*, como ela diz.

— Está lá na porta escorando um tal de Muci.

— Então tem muito que esperar. Tomou um pileque tão desgraçado ontem no apartamento da Neusa, que duvido que possa acordar nestes três dias mais próximos.

Leniza riu:

— Pois ela está esperando. Não acha que devo avisá-la?

— Se fosse você que estivesse lá, ela lá te deixaria ficar. Compreendeu, não é? — e piscava um olho com intenção.

— Compreendi.

— Pois deve compreender sempre assim. É assim que se vive aqui. Você é caloura, vem tonta (imitava com a mão uma borboleta voando), não sabe. Sou formada nesta gaita. Superformada. Cada um por si, os outros que se danem.

— Os outros que se danem?... — e Leniza sublinhou a pergunta com um sorriso.

— Com casca e tudo!

— Mas você está me ajudando um pouquinho...

Dulce abriu um sorriso largo e conquistador:

— Você é diferente. Um pouco diferente, digo melhor. Eu me simpatizo com você.

— Sinto-me lisonjeada.

— Emoções... Mas pergunto-lhe: você conhece a Neusa?

— Não.

— Pois deve conhecer, minha nega. Ela agrada muito estes compositores, de modo que está sempre com o apartamento recheado deles. Quase tudo que é compositor melhorzinho por aí brota por lá. Você veja, como prova, que repertório ela tem — é de liquidar o resto! E você precisa de repertório. Está muito fraquinho. Ou melhor, não é fraquinho, mas tudo que você canta é velho, todo mundo já cantou. O público precisa de novidade. Quer novidades. Boas ou más. Acredite. Falo com experiência.

— Eu sei.

— Precisa fazer um repertório novo. Teu! O Porto não te falou nada a esse respeito?

— Não.

— O Porto é um amor de criatura, mas um pouco relaxado em certos detalhes. Mas acabará te falando, esteja certa. Mas não te impressiones. Vá cantando o que sabe. Vou te apresentar à Neusa. Amanhã, durante o dia, você está livre?

— Estou.

— Pois amanhã às duas horas vou te levar ao apartamento dela. É ótima a cem metros de distância.

— Boa! — e Leniza riu com vontade.

— É apenas a verdade. Mas isto não vem ao caso. Eu te apresento. Você se ajeita por lá. E vá pegando as sobrinhas.

Dão para um banquete. Não faço o mesmo porque não preciso. Meu gênero, você deve saber, é outro. Sou do fox! É muito mais cômodo. A América nos manda milhares por ano e de qualidade desacatante. E tem outra vantagem que é muito importante: cantando em inglês toda besteira passa... Não vê o animal do Bob Crazy? Faz furor no Méier.

Leniza estava inteiramente fascinada pela companheira. Relacionava-a com a heroína de certo romance que lera, dos pouquíssimos romances que lera, mas que a encantava. Julinho entrou rebocando Marlene, Celso, Olinto e as irmãs Soledade, louras e iguais como dois alfinetes. Logo atrás, Nair (sem Muci), desesperada. Chegou depois a Turma do Inferno, que fazia os acompanhamentos. E o ensaio começou.

Quero morrer no pecado,
fazendo inveja a você...

Quem canta é Nair. O cavaquinho e a clarineta funcionam com destaque. O pandeiro nas mãos de Olinto é, positivamente, qualquer coisa de diabólico. E o coro, bastante desafinado, abafa a voz de Nair:

Quero morrer no pecado
fazendo inveja a você...

Dulce acabara de cantar "É segunda-feira em Carolina" (letra em português e acompanhamento de Julinho, no piano, e Macrino, na bateria), quando Porto entrou. Porto descansava em Julinho:

— Como é que vai a "melódia"? Bem?

— Vai indo.

— Logo que acabar, você vai me levar o programa à dona Carmem, na secretaria, para datilografá-lo. Estamos atrasados. As Soledades têm primeiras audições, não têm?

— Têm.

— Que tal?

— Regulares...

— Regulares, não! — protestaram elas. — Muito bons!

— São do Tomazinho?

— São.

— Então, meus amores, tenham paciência, mas quem está com a razão é o nosso caro Julinho.

— Deixa disso, seu Porto. São sambas muito bons. O Tomazinho...

— Chega de Tomazinho! E vocês estão melhores?

— Ainda estamos constipadas.

— Eu acho que vocês nasceram constipadas. Foi uma gargalhada geral.

— Engraçado!... — defenderam-se elas.

— Não é graça, não. Vocês precisam tomar gemada.

Outra gargalhada explodiu no estúdio. As pequenas já iam se queimar. Mas Porto travou-as.

— Chega de brincadeira. Vamos trabalhar. Anda, Julinho, continua — e chamou Leniza de parte: — Ensaiou direitinho?

— Ensaiei.

— Aposto que cantou "Promessa de malandro", "Não te dou perdão" e "Chegou a Aurora". Não foi?

Leniza ficou um pouco embaraçada.

— Você já entrou em três programas e ainda não cantou outras coisas.

— Isso não, seu Porto. Protesto!... Já cantei mais: "Sou uma ave noturna", "Onde está o meu branco"...

— TUDO VELHARIA, LENIZA. Vê se arranja alguma novidade. Mesmo que seja muito inferior a essas. Você dá para o troço. Tem se gostado. Fala com o Julinho. Ele é um anjo sem asas. Há de dar um jeito para te servir.

— Sim, posso falar. Mas a Dulce vai me apresentar amanhã a uns compositores. Ela já me tinha dito o mesmo que o senhor me disse agorinha.

Porto olhou-a muito sério. Depois falou:

— Muito bem, Leniza — e após uma pequena pausa: — Mas, mudando de assunto, você não viu aquele senhor que estava comigo lá fora, quando você entrou?

— Um alto, avermelhado?

— Esse mesmo. Pois ele te achou muito interessante... — e sorriu.

Leniza sorriu também:

— Creio que não errou muito...

— Não. Não errou nada! Queria que eu te apresentasse a ele.

— Por que não apresentou?

— Porque não quero encrencas comigo, as intenções dele nunca são das melhores. E você já tem dono.

— Dono?! Eu?! Quem lhe disse?!

Porto ficou surpreendido com a veemência de Leniza, que continuou:

— Aposto que o senhor está pensando que eu tenho alguma ligação com o Mário Alves — (Porto titubeava.) — Pois não tenho nada, fique sabendo. Nada! Mas será que ele lhe disse alguma história?

— Não. O Mário não me disse nada.

Leniza duvidava: disse, sim. Estava vendo pela cara. Porto protestava: estava falando a verdade. A pura verdade. Desconfiara apenas... Afinal, compreendesse ela que era para duvidar tanta atenção e interesse. Leniza concordou: as aparências enganam, seu Porto. Não tinha nada que a prendesse ao Mário. Nada! Nada! Se ele se interessara por ela é porque achara que lucraria com isso. Não via razão alguma em não aproveitar a oportunidade — não é mesmo? Para esperto, esperto e meio! Se ele dizia alguma coisa dela, mentia! Acreditasse. Porto saiu zonzo, desculpando-se. Não levasse a mal, não ficasse zangada... Qual!... Ela não se zangava. Não havia mesmo razão. E não deixasse de apresentá-la mais. Esse senhor mesmo a primeira vez que der com a cara aqui, faço questão de conhecê-lo. Porto estava com a mão na maçaneta da porta:

— Pois amanhã mesmo será satisfeita a sua vontade. Ele não sai da praça.

— Como é o nome dele?

— Amaro Santos.

— Como?

— Amaro Santos.

— Que apito toca, hem?

— É dono de uma fábrica de calçados finos. Tem erva à beça. E não pode ver rabo de saia.

— Bom sinal!... — fez Leniza com um sorriso um pouco cínico.

Porto balançou a cabeça:

— Você está me saindo melhor do que a encomenda. Parei!...

ANOITECIA QUANDO SAÍRAM. Relampejava. O vento trazia uma ameaça de temporal, levantava o pó das ruas, roubava chapéus dos transeuntes. Na segunda esquina, Dulce despediu-se: dali, cada uma para seu lado. Tinha um compromisso de muita gravidade — piscou um olho. Mas no outro dia, às duas e meia, encontrar-se-iam no Clube Naval — combinado? Combinado! E Leniza deu alguns passos por entre a multidão apressada, medrosa do tempo. Virou-se — Dulce desapareceu dentro de um táxi fechado, que rodou e logo se perdeu, numa nuvem de pó, no torvelinho do tráfego.

NEUSA AMARANTE foi recebê-las na varanda, em maiô cor de laranja e tamanquinhos de praia. Era loura (artificialmente), muito queimada de sol, levemente adiposa, os dentes soberbos.

— Que milagre é este, gente?

Dulce beijou-a:

— Saudades...

— Saudades?! — Neusa não acreditava: fingia, mas não engolia. Dulce protestava: verdade, verdade. E apresentou-lhe a novata. Neusa estendeu a mão — tinha muito prazer, já lhe tinham falado dela...

— É o caso de perguntar se bem, se mal... — disse Dulce.

— Oh! Ainda há dúvidas? Mas entre, gente. Nada de cerimônia. A casa é de vocês. Tem um bloco aí dentro tesourando, como sempre para variar. Vamos — e empurrou-as.

Caíram na sala de estar, em estilo moderno, de um certo bom gosto — um gigantesco divã, amplas poltronas de cores vivas, grandes e espessos tapetes, móveis de aço, estatuetas de louça alemã, cactos, alguns quadros decorativos e dezenas de retratos da dona da casa (o que já levara o Porto a dizer que ela vivia cercada dos retratos das criaturas que mais admirava). Um rádio tocava em surdina. Quatro personagens, que se derramavam pelas poltronas numa atitude íntima, fumando, cumprimentaram Dulce camaradamente. Neusa apresentou-lhes Leniza:

— A última aquisição da Metrópolis. Achado do Porto, o garimpeiro. Leniza... Leniza de quê?

Aquilo era um pouco-caso evidente. Já tinha ouvido falar dela, sabia que era "um achado do Porto", mas não sabia o sobrenome. Leniza, porém, não se deu por achada:

— Máier.

— É, sim. Máier. Leniza Máier. Está apresentada. Agora procure saber quem eles são. São muitos. Me dá trabalho apresentá-los todos.

— E até podia ser que não soubesse o nome de todos... — e Leniza esboçou um risinho.

Neusa ficou um pouco aturdida; o pessoal, no ar, parecia gozar por dentro a chamada da pequena; Dulce sorria francamente. Mas Neusa sentou-se e acendeu um cigarro — fuma? Leniza aceitou. Fumava raramente, mas achou indispensável fazê-lo naquele ambiente que lhe pareceu tão chique, tão diferente, tão de cinema... (Mais uma vez rodou os olhos pela sala. Sim, era muito alinhada. Mas parecia um aquário, com aquelas enormes janelas de vidro...) O homem que estava sentado ao lado (era o retrato do Astério!)

dirigiu-lhe a palavra. Já a tinha ouvido duas noites. Achara-a muito interessante. Leniza protestou: Ora... Ele contestou convicto: Modéstia sua. Tem muita graça, muita vida, muita desenvoltura. Não parecia uma principiante. Absolutamente. É realmente um achado do Porto. E dizia aquilo, não para agradar, acreditasse. Dizia aquilo como interessado, como técnico. Era — e apresentou-se — o Martinho Pacheco! Leniza nunca tinha ouvido semelhante nome, mas exclamou:

— Ah!

Ele sorriu satisfeito:

— Já vê que não exagero nem lisonjeio. Sei o que estou dizendo.

Leniza ficou meio atrapalhada. Não sabia o que dizer. Olhou para Dulce, a pedir-lhe socorro. De costas para ela, Dulce conversava entretidamente com Neusa. Foi o próprio Martinho que a salvou:

— É carioca, pois não?

— Da gema.

— Logo se vê.

— Não sei por quê...

— Sei eu, senhorita!... Questão de psicologia. O gesto, a fala, o jeito, o modo de cantar... Não me enganam. Sou bom psicólogo!...

— E o senhor também é carioca?

— Não.

Era sergipano. Mas como se fosse carioca. Viera para o Rio pequeno, com doze anos, nunca mais voltara. Tinha até vontade de ir visitar a sua terra. Voltar para lá, não. Visitar só. Ver o lugar onde nasceu. Nem se lembrava mais dele. Umas pálidas recordações apenas — a casa dos pais cheia de janelas, o rio muito largo, as praias de cajueiros e coqueiros. Também, há vinte e três anos que o deixara. Sim, tinha vontade de revê-lo... Nostalgias... Talvez a nostalgia de que falam os poetas... Mas como arranjar tempo? Remexeu-se na poltrona:

— A senhorita sabe, essa vida de jornalista é um verdadeiro cativeiro! Mesmo, agora, então, era de todo impossível. Como poderia deixar as pequenas sozinhas aqui, sem um orientador, um guia, um amigo! Não é mesmo, Negrinho?

O crioulo confirmou, chegando-se mais para perto dele:

— É. Sem você elas não andam.

E Neusa esticou o pescoço:

— Não estou ouvindo, mas estou calculando. Sempre contando prosa, não é, Martinho?

Ele deu uma gargalhada, superior, e reclinou-se na poltrona, esmagando almofadas. Neusa emendou:

— E está pensando numa cervejazinha, aposto. Vai lá dentro, Monteiro, faz favor, e requisite cerveja para todos. Diga à Joana para trazer mastigórios também.

Monteiro, que era um rapaz muito novo, alourado, quase imberbe, foi executar as ordens.

— E você, Antenor, abra esta janela aí do canto. Está um calor desesperado, uf! É da fumaça. Vocês fumam pra burro!

— Diz isto como se não fumasse — e Antenor foi suspender a alavanca de uma das janelas.

As cortinas puseram-se a tremer, uma viração agradável refrescou a sala.

— E já que está perto — pediu-lhe Martinho — aumenta o volume do rádio aí. Quero ouvir isto melhor. Me interessa muito.

Antenor torceu um pouco o botão, e o samba, cantado por uma voz feminina, derramou-se mais forte pela sala. Martinho pôs a mão no queixo e ficou muito compenetrado, de olhos cerrados, ouvindo o disco irradiado. Quando terminou o disco, virou-se para Leniza:

— Falta colatura. É o defeito da Aurora. Aliás, o defeito de quase todas. Não ligam. Depois, quando fracassam, se queixam. Mas fracassam porque querem. Não foi por falta de eu falar. Sem colatura não há canto, não há cantor, não há nada, senhorita! Não é verdade?

Leniza concordou com a cabeça. E Joana, uma mulatona já velha (que os inimigos da Neusa insinuavam ser a mãe da grande estrela), entrava trazendo uma grande bandeja de metal branco com copos, garrafas de cerveja e um prato com altas pilhas de sanduíches. Neusa não se levantou.

— Sirva-se, povo. Quando acabar, lá dentro tem mais.

Martinho abriu as garrafas, serviu a todos, levantou o copo:

— À saúde da Neusa, *in perpetuum*!

Todos brindaram com mais ou menos entusiasmo. Depois os queixos trabalharam e em pouco o prato estava vazio. Joana que, habituada, esperava, foi enchê-lo outra vez. E com um resto de sanduíche nos dedos, o dedo mindinho levantado educadamente, Martinho Pacheco atirou-se novamente a Leniza: teria um imenso prazer, considerava mesmo um dever, em ser-lhe útil. O caminho da arte era tormentoso, cheio de obstáculos!... *Ars longa*... Ah!... Mas estaria às ordens dela para sanar qualquer dificuldade. Leniza agradeceu. Martinho sentou-se satisfeito, puxou uma garrafa para perto do seu copo — e não se esquecesse da colatura. Era um conselho de pai, de verdadeiro pai! Leniza prometeu, e ele encheu o copo, hábil, sem fazer galão. O rádio jogou na sala a voz quente de Glorita Barros, num samba muito cheio de breques, que era há uma semana a coqueluche da cidade. Mas foi por momentos só. Neusa deu um grito, tapou os ouvidos:

— Fecha isso aí depressa, Monteiro! Que horror! Já estou farta desta droga!

Dulce lançou um olhar para Leniza: está vendo como é a escrita? Leniza compreendeu: se estou!... E Monteiro, obediente, fechou o rádio.

— Não sei como se pode miar com tanta força! — disse Neusa destapando os ouvidos.

Martinho, que tinha uma diferença com Glorita (sempre tratara-o do alto, aquela burrinha!, aquela ex--cozinheira!), foi o primeiro que apoiou:

— É monstruosa!

Foi um rastilho. Monteiro soltou:

— Para lá de monstruosa! Assassina tudo!

— Abominável! — emendou Antenor.

— E está convencida de que é inexcedível — ajuntou Negrinho, que nunca conseguira que ela lhe lançasse uma produção. — Que é o próprio samba em pessoa.

— A culpa é desses cavalos que andam nos jornais! — berrou Neusa.

— Perdão! Eu sou jornalista — defendeu-se Martinho. — Não confunda.

— Os presentes estão sempre excluídos... E Dulce entrou com uma perfídia:

— Cavalos?!... Que ingratidão, Neusa!... Eles te elogiam tanto... Com o mesmo entusiasmo que elogiam a Glorita. Duas glórias nacionais...

Neusa ficou um momento muda, aturdida com a pregada.

Depois foi rápida e áspera:

— Há muita diferença, Dulce, você bem sabe. Muita! Há elogios e "elogios"!... Eu não faço os papéis que ela faz para que me elogiem. Se eles falam de mim é espontaneamente. Espontaneamente!

— Mas que papéis ela faz? — e Dulce fez-se de ingênua, com crueldade.

Neusa perdeu a tramontana:

— Que papéis ela faz!... Você está é se fazendo de boba, Dulce! Eu te conheço. Se você é amiga dela, devia ir para a casa dela!

Leniza, nervosa, olhou para Dulce, que ria, sem se importar com o tom da outra:

— E eu não vou às vezes?

Neusa levantou-se:

— É o cúmulo! Vir à minha casa para me ofender, para me dizer desaforos!

Martinho, Antenor, Monteiro, todos estavam aflitos, queriam intervir, apaziguar:

— Ora, Neusa!...

— Você se excedendo...

— Que diabo! Somos todos amigos.

Neusa passeava agitada pela sala, pisando forte, empurrando os móveis com brutalidade. Dulce sorria, serena, no seu lugar.

— Não é a primeira vez que você me faz dessas desfeitas! — disse Neusa parando, menos excitada.

— Você é que pensa que é desfeita — retrucou Dulce.

— É, você está exagerando, Neusa — ponderou Martinho em tom humilde. — Não é desfeita.

Neusa pareceu sossegar de todo. Sentou-se no divã, acendeu outro cigarro. E na paz que parecia se fazer na sala, Dulce falou:

— Felizmente, Neusa, não há ninguém estranho aqui. Leniza pode ser considerada como de casa. Mas se houvesse, faria um juízo bem triste de você. Porque a sua raiva contra a Glorita só parece ser por inveja.

Neusa ficou branca, depois explodiu:

— Você é uma víbora, Dulce! Uma víbora! Pior que uma víbora! — (Atirou no chão o cigarro, pisou-o, feroz, terrível, como se esmagasse uma víbora.) — Saia da minha casa! Saia! Já! Já! Você...

Mas não aguentou o olhar frio e desdenhoso de Dulce, olhar de quem sabia muitos segredos. As lágrimas arrebentaram, e, num repelão, aos soluços, batendo com as portas, saiu da sala e foi-se refugiar, derrotada, na descomunal cama turca do quarto de dormir.

No silêncio constrangido da sala, Dulce riu cristalinamente:

— Mais um ataque de nervos. Ainda acabo matando essa grã-fina... — e levantou-se, pegou a bolsa: — Vamos, Leniza. Qualquer dia a gente volta... Até outra vez, Martinho. Até outra vez, pessoal — e apertando a mão de Negrinho: — Precisa aparecer lá em casa. Vá amanhã. Àquela horinha de sempre. Preciso falar com você. O ambiente lá não tem tanto conforto — e riu — mas também é mais calmo. Não há tanta inveja no ar... — Negrinho sorriu, todos sorriram. — Eles sabiam e desculpavam, muito amigos — era o defeito de Neusa, a inveja. E era pena, porque no mais...

Dulce estava na porta:

— Então está combinado, não é, Negrinho? Amanhã. Negrinho prometeu que iria.

— De pedra e cal?

— De pedra e cal!

— Vamos ver, caloteiro!... E você também precisa aparecer, Antenor.

— Não há dúvida, qualquer dia.

Dulce empurrou Leniza, e gritou para dentro:

— Té outro dia, rabiosa! Sossega, sim?

E não ouviu o que Neusa lhe respondia. Desceu a escada correndo, puxando Leniza que, chegando na rua, respirou:

— Papagaio! Pensei que houvesse morte!

— Sempre que venho cá é este drama que você viu.

— E por que vem, então, Dulce?

— Me diverte — respondeu Dulce, com uma cara safada.

— Sai! Há gosto pra tudo. Não fui nem um tiquinho, com a tal de Neusa. Passei! Que antipatia!...

— Há piores.

E entraram no ônibus. Dulce encostou-se mais em Leniza:

— Mesmo, ela só pode ser tratada assim. Senão monta na gente, e é o diabo!

— Você é um colosso, Dulce! — largou Leniza num sincero entusiasmo.

Dulce pegou-lhe na mão:

— E amanhã, já sabe, vá ao meu apartamento. O Negrinho não falta. Conheço bem que bisca é. Vamos tomar uns sambas dele para você lançar. Depois o Antenor cairá também. A Neusa vai morrer de raiva! Enche a barriga deles e os sambas vão para outras bocas... — e apertou a mão de Leniza com uma força e um calor que Leniza desconhecia.

LENIZA ESTACOU COM um frio doloroso no coração. Vira Oliveira comprando cigarros num varejo. Sentiu ímpetos de se atirar para ele, de abraçá-lo, beijá-lo, sair com ele pelo mundo afora, sem destino! Viu-o meter a carteira no bolso. Estava magro, pareceu-lhe mais corcovado.[4] Viu-o ir em passos lentos, sem pressa. Devia sofrer, imaginava. Ela sofria muito, muito. Sofrimento difícil de contar, de explicar, de compreender, mas sofrimento. Viu-o sumir entre tantos homens. Louca! Teve vontade de chorar. Mil pensamentos chocaram-se no seu cérebro — recordações, projetos, dúvidas, conjeturas, frases sem sentido, gritos da alma imperiosos e cruéis. Ia como uma sonâmbula, chegou ao estúdio perturbada, sem mesmo saber como chegara até lá, como não se perdera, como não fora atropelada.

---

4. Não era verdade, mas Leniza juraria que sim, pois só há uma verdade real — a "nossa". Tudo o mais é mentira, impostura, desacordo, opressão, conveniência, cinismo etc.

— Que cara é esta, menina? Viu a morte? — perguntou-
-lhe Porto.

Morte?!... A palavra caiu-lhe no coração, fria, fatal,
como uma solução inexorável. Morte!... Que absurdo!...
Mas não atinava com uma resposta, oca, infeliz, desarvorada (o aparelho de controle enchia a sala com as pa-
chouchadas do Professor Canindé, que imitava caipiras).
Morte? Caiu numa cadeira, chorando. Porto, intrigado,
sentou-se-lhe ao lado e pôs-se a consolá-la.

— Que é que você tem? Está sentindo alguma coisa?

Ela chorava sempre. Ele tomou-lhe as mãos, afagou-as
sem resistência:

— Brigou com alguém?

Ela não respondia. Talvez fosse meio pancada a pequena... Talvez. (A gargalhada do Professor Canindé era de
uma boçalidade insólita.) Mas que cor de pele, que braços, que corpo gracioso! E as mãos como eram quentes!
Pareciam chama.

CHEGARA O FIM DO MÊS e com ele o desespero. A Metrópolis não pagara senão duzentos mil-réis. Interpelara
Porto: Safadeza! Onde estava o seu contrato? Não havia
contrato. Viu que caíra num conto do vigário. Patife! Patife!
Fora iludida. Miseravelmente iludida. Odiava Porto, odiava
Mário, chorava desesperada. Safados! Safados! Devia ao
seu Nagib um dinheirão, devia à Judite, devia ao sapateiro,

ao homem das meias, à farmácia. Como satisfazê-los? E a mãe? Como seria? A mãe nunca acreditara muito naquela história de rádio. Não a condenara abertamente, fugia de tocar no assunto, mas achara que fora rematada insensatez deixar o emprego. Fora insensatez mesmo! Completa, completa! Ela era uma desmiolada. E como aguentaria a derrota de se apresentar à mãe sem dinheiro, sem nada?!... Vocês são uns monstros!, gritara. Uns monstros! Mentirosos, cínicos! Teve ânsia de rasgar os duzentos mil-réis e atirá-los na cara deles. Porto procurou acalmá-la: a Metrópolis pagaria. Era estação pobre, lutava muito, mas pagaria. Pagaria. Pagaria tudo. Iria ficando em conta-corrente. Qual conta-corrente! Ela queria o dinheiro era na bolsa. Preciso de dinheiro é na bolsa. Porto penalizou-se: — Não tenho grandes folgas, mas vou te emprestar algum do meu. Te arranjo mais cem. Não dá? — Não dava! Não queria! Estava enjoada. Cínicos! Porto era paciente, abraçou-a: — Não desespere, Leniza. Tudo tem os seus recursos — lembrou-se que ela poderia pedir ao Mário, exigir mesmo, mas teve a prudência de não lhe falar. Ele falaria. Ele telefonaria ao Mário, que afinal era sacanagem do Mário. Sempre ordinário, sempre metido em embrulhos. Botara a pequena naquela encrenca, deixara-a iludida (e ele, Porto, também se sentia culpado), abandonada, sem emprego, sem nada. Leniza gastou-se. Foi-se abatendo, abatendo como um balão que perde o gás, saiu pelo braço de Porto, que a largou numa esquina. Que fazer? Que fazer? Um desespero surdo era agora o seu. Um desespero pior, como jamais sentira, um desespero que não podia se extravasar em berros, em gritos, em queixas, em invectivas — água raivosa que não vence as barragens. Lembrou-se de Oliveira... Tudo tão diferente! Que derrota! Queria ser livre, que tolice!... "Ninguém é livre, Leniza. Tolice!..." A noite cobria o mundo. Os homens passavam. A lembrança de Mário foi-lhe odiosa, encheu-a outra vez de um furor ativo, de um desespero que quer agredir, xingar, maltratar, gritar! Tudo poderia ser tão diferente... E a mãe? A cabeça rodava. Como entraria em casa? Como haveria de entrar em casa com as mãos abanando? Tanta prosa, tanta prosa... Precisava mostrar o dinheiro. Precisava de seiscentos mil--réis. Amassava a carteira — duzentos mil-réis!... Sentia-se vil, miserável, pior do que a lama, vencida. Por que não aceitara logo os cem mil-réis do Porto? — arrependia-se. E como se quisesse aproveitar as tábuas soltas de um grande naufrágio: sempre era mais um pouco... Os homens passavam. A noite é quente. Vai como uma cega por entre a multidão. E é a multidão que a leva, que a arrasta, como uma corrente irresistível, que a deixa sem destino em todas as esquinas. A cidade surge-lhe estranha. Parece que é outra cidade, uma cidade de pesadelo. Os homens não parecem que são homens, os gritos dos jornaleiros, as buzinas dos automóveis, todos os barulhos urbanos perturbam-na como uma música de doidos.

Entrou no apartamento de Dulce. Desabou-lhe nos braços, chorando. Dulce soube de tudo, sorrindo. Não se apoquentasse. Que tolinha! Beijou-a, afagou-a, animou--a. Deu-lhe uma nova vida. Continuasse, não largasse a Metrópolis. Agora seria asneira grossa! Continuasse. Depois de feita, pregasse um coice neles. Era a vida! Fosse para outra estação, para uma estação que pagasse. Tivesse fé. Ela também sofrera dessas. Piores, talvez. Fora assim que se arranjara — aos coices! Via como ela era tratada na palma das mãos? E rezasse pelo dinheiro da Metrópolis. Continuasse lá, mas rezasse pela tal conta--corrente. Jamais receberia o cobre. Não se importasse. Ganhasse por outro lado, até poder se impor realmente e sentar-lhe os pés com casco e tudo! E falar franco, ela estava abismada, assombrada (parecia sincera) como ainda conseguira aqueles duzentos mil-réis. Era um milagre! E não se zangasse com Porto. Poderia ainda ser-lhe muito útil. Não era mau sujeito. Era até muito bom. Mas que poderia ele fazer? A estação não era dele. A estação quase não rendia. Estação vagabunda, arrebentada, de anúncios baratos, tipo da estação suburbana, ninho de múmias. Só servia mesmo para contar tempo. Quando o pessoal ficava melhorzinho, era aquela velha e sabida história — voava para outra. Contasse o seu tempo. Criasse suas asas. Ela, Dulce, estava na Metrópolis porque tinha sua vida feita. E a ela, eles pagavam. Ou melhor, pagavam-na por eles...

Mistério... Ria, ria alto, argentina, elevadíssima. Ficasse tranquila. Ela arranjaria o dinheiro. Mas queimasse o Mário! Era um patife! Um sujeitinho muito ordinário! Liquidasse com ele. Ela arranjaria o dinheiro, ficasse tranquila. Naquela hora não tinha todo, mas no outro dia, logo cedo, estaria com ele pronto, na batata. Tinha uns cobres a receber e dando-se que não os recebesse, o Monte de Socorro estava aberto era para casos de aperturas. Tinha umas joias que não usava. Ficasse sossegada. Abraçava-a, beijava-a. Ficasse sossegada. Precisava era continuar. Tinha futuro. Um grande futuro. Conseguira cativar Antenor, Negrinho e Monteiro, lançaria novidades deles, haveria de lançar sempre novidades, abafando. Acabaria gravando. Já dera muito. Hoje dava menos, muito menos, o rádio matara o disco, mas sempre dava. E era reclame formidável. Haveria de firmar nome, uma semana num cassino — haveria de conseguir facilmente! — uma semana num cassino, e ganharia contos de réis. Precisava também era sair da Saúde. Vir morar cá para baixo. Por que não vinha morar com ela? Por quê? Haveria de protegê-la, de ampará-la, amá-la.

ENTROU TRIUNFANTE EM CASA com o dinheiro na bolsa: — Está aqui, mamãe, seiscentos mangos! — a mãe rendeu-se, seu Alberto delirava: a milionária! Pagou ao seu Nagib, à Judite, à farmácia... Não sobrou nada, ainda ficou faltando algum, mas ganhou a liberdade de comprar mais coisas, precisava de tanta coisa...

— Precisamos é mudar daqui, mamãe! Largar esta joça, esta imundície, alugar um apartamento decente na cidade — a mãe sorria, seu Alberto apoiava: Aprovado, muito bem! E seu Alberto haveria de ir com elas! Seu Alberto era a felicidade: Só a morte nos separará, dona Leniza!... Dona Manuela nunca vira tanta maluqueira. E vai ser por todo este mês, mamãe. Ali não ficaria mais. Iria procurar logo apartamento. Pequeno, mas decente. Chegava de Saúde, de ladeiras, de ratos, de hóspedes, de baratas, de banho de chuveiro! ....

.... Nunca mais olhe para mim, Mário. Nunca! Fuja do meu caminho. Você é abjeto, Mário. Asqueroso, pior do que escarro! Cem, mil vezes pior! (Mário não procurava se desculpar. Não era a primeira cena, não seria a última. Estava acostumado. E o caminho que os acontecimentos tomaram não era de todo mau. Estava ficando complicada a situação, ele já chateado, arrependido, e eis que tudo se aclarava deixando-o livre, sem remorsos, sem pesares, sem nada. Pequenas havia muitas!... Felizmente havia muitas!...) Você é imundo, repelente, Mário! Em tudo, em tudo. Até dormindo. Pensa que eu não sei o que você disse de mim ao Porto?! Pensa que eu não sei que o rádio que você me mandou era de segunda, de terceira,

de quinta mão?!... (Foram as únicas palavras que Mário sentiu naquela catadupa toda. Mas nem tentou contestá-las. Porque afinal estava livre. Livre por pouco preço...) E num desprezo absoluto: "Advogado" ....
....
Sentia-se miserável, imunda, escória humana, campo de todos os pecados, lama, pura lama. Mas subira. Dois ou três degraus na escada do mundo. Via que já estava num plano bem acima, algumas figuras já ficavam menores, a miséria escondia-se já numa bruma longínqua. Mas precisava subir mais, sempre mais, custasse o que custasse.

LENIZA FICOU ASSOMBRADA com o preço dos apartamentos — caríssimos! Nunca pensara, ou melhor, nunca acreditara que fosse verdade o que diziam. Era negócio para rico. Uma barbaridade! Chegou a desistir. Mas Dulce animou-a: Nada disso — nada disso, procure! Não tem importância que seja caro. Há de se arranjar para pagá-lo, não tenha medo. Quem tem medo não vive. E Leniza voltou a procurar. Chegava em casa estrompada.

— Andou muito?

— Pergunte aos meus sapatos!...

Mas, ao cabo de uma árdua semana, encontrou um em condições. Ficava num quinto andar, perto do Centro, na rua Riachuelo, e o aluguel era relativamente baixo em relação ao que já vira — trezentos e sessenta mil-réis, com as taxas. Dona Manuela e seu Alberto foram vê-lo e se agradaram — pequeno, mas bonito. Despediram os hóspedes. Seu Gonçalves portou-se dignamente, aplainando a única dificuldade que se oferecia — a fiança. Deu-a sem relutância: — Sabia com quem lidava, sabia com quem lidava, dez anos não são dez dias, dona Manuela! Só lamentava que fossem para longe. Mas a vida era isso!... (e coçava a cabeça com ar muito experiente) Mudaram-se. Seu Alberto fazia questão de pagar mais um pouco, mas Leniza não consentia. Ficasse como estava, e estava muito bem. Mesmo, não ia ficar tão bem alojado; não tinha mais o seu quarto independente, na verdade nem quarto tinha — dormia numa cama improvisada num canto da sala de jantar e que de dia servia de divã, pois o apartamento era composto de quatro peças apenas: sala de jantar, um quarto, banheiro e a cozinha, que era um ovo. Mas seu Alberto fincou o pé. Ou dava mais (podia dar mais, fazia questão de dar mais), ou então (e era com o coração partido que o faria!...) iria procurar outro pouso. Leniza cedeu e seu Alberto aumentou a sua contribuição para duzentos mil-réis, o que aliás era bem preciso, pois Leniza fizera o orçamento bastante no ar, esquecendo que além do aluguel, muito maior do que o que pagava na ladeira, ainda havia as gorjetas ao porteiro e ao ascensorista, e que a mãe perdera os biscates que fazia lavando para a caixeirada de seu Gonçalves. Dona Manuela, arrastada pelo entusiasmo da filha e de seu Alberto, só quando já estavam instalados na nova residência abriu os olhos e se alarmou. Contavam com oitocentos mil-réis. Seiscentos de Leniza e duzentos de seu Alberto. O aluguel levava trezentos e sessenta. Gorjeta, vinte — nem mais um tostão, era até demais! Restavam quatrocentos e vinte. Para luz, gás, comer e vestir, como Leniza agora se vestia, positivamente não dava. E ainda havia os extraordinários: pequenas necessidades, remédios, condução... Falou a Leniza: Tinha medo. Leniza riu (Dulce ria tanto dessas ninharias...): Que tolice, mamãe!, há de se arranjar. Dona Manuela caíra uma vez, não cairia outra: iria tricotar, coser para fora, defender-se.

— Nada disso, mamãe! A senhora está aposentada. Já trabalhou muito. Quem trabalha agora aqui sou eu. Se quiser tricotar e coser, não faça para fora. Faça para dentro. Tricote para mim, faça minha roupa branca, as camisas de seu Alberto e cosa para a senhora. A senhora está inteiramente desprovida e precisa se apresentar agora muito alinhada.

Dona Manuela mostrava-se como que um tanto relaxada pela mudança tão repentina da sua vida. Deu um suspiro apenas.

Leniza acendeu a luz, e seu Alberto abriu os olhos, guardou-se mais dentro dos lençóis.

— Toda noite lhe prego este castigo. A culpa é sua. Poderia casar com mamãe, passar para o quarto, e eu vir cá para o seu cantinho...

— A senhora tem cada uma, dona Leniza!...

— Tem cada uma, não! O senhor é que é um banana!

A voz de dona Manuela chegou risonha:

— Guarde as tolices para amanhã, Leniza, e venha dormir logo, que não é sem tempo.

Depois de tantos anos, voltavam a dormir juntas novamente. E dona Manuela não conseguia conciliar o sono antes que Leniza chegasse, o que acontecia sempre tarde, nunca antes da meia-noite.

— Teu programa acaba às dez, por que chega tão tarde, minha filha?

— Ora, mamãe, não é só cantar e pirar. A coisa tem as suas exigências. É preciso estar sempre perto daquela gente, senão... Aliás, sou das que peruam menos.

— Sim, está direito. Mas é que podia vir mais cedo um pouco. Toda noite assim não tem cabimento. Você pode acabar ficando fraca, doente.

Que podia, podia.

— Mas você sabe, a Dulce me pega todas as noites, não me larga, vamos para o apartamento dela, ficamos lá batendo papo, quando dou por mim é tarde. Dulce é tão engraçada, você havia de rir muito com ela.

— Por que é que ela não vem para cá também algumas noites?

Leniza já estava despida:

— Ela vem.

— Está sempre prometendo, mas o dia não chega. Tinha vontade de conhecê-la. Tem sido tão tua amiga...

— Vou apertar com ela, mamãe. Há de vir. Você vai gostar muito. É uma bola. Para criticar, para contar um caso, está sozinha. E que alma! Se não fosse ela...

ERAM QUATRO E POUCO. Leniza, de óculos pretos e cabelo à antiga, ia saindo de um cinema quando esbarrou com Oliveira. O coração parou; uma tremura nas pernas, quis fugir... foi inútil — Oliveira plantara-se na sua frente, as mãos na cintura:

— Então, como vai esta glória? — (Como estava bela! Cada vez mais! Como ficava pitoresca com aqueles óculos, como era voluptuoso o penteado mostrando a nuca...)

O tom da voz e o sorriso mofador nos cantos dos lábios atuaram sobre Leniza como um reativo fulminante. Rebateu prontamente:

— Muito bem, muito obrigada. E como vamos de cassinos?

Oliveira sentiu a pancada, tão mais rudemente quanto há alguns meses que não jogava:

— Sempre feroz, não é?

— Para feroz, feroz e pico...

— Não tive intenção de feri-la, acredite — e emitiu o velho sorriso mofador, mesquinho, dissolvente, tão conhecido de Leniza.

— Pois parecia — (Estava com o cabelo cortado muito rente, o rosto queimado... Seria de banho de mar?)

— Quanta coisa parece e não é...

— Isso também é sem intenção de ferir? — (Com quem ele tomaria banhos de mar, se a hipótese...? Uma pontada feriu-lhe o coração — teria alguma amiguinha?)

— Também. Mas, francamente, você parece que anda com mania de perseguição. Tudo que se fala você toma como alfinete, com segundas intenções... Será dos óculos?

— Deixe de fistulagem, Oliveira. Eu te conheço. Às léguas!...

— É o que pensa — e ele sorrindo admirava os lábios de Leniza, muito vermelhos, lábios que ele tanto beijara, lábios que beijaria sempre, lábios que outros beijavam agora... — Não me conhece, não — e deu uma prova mais que suficiente. — Se quisesse te ferir faria outras perguntas muito diversas — e como Leniza olhasse-o muito séria, ele, aprimorando mais o sorriso, continuou: — Perguntaria pela Dulce, por exemplo — e ficou observando o efeito do que dissera, com a avidez um pouco sádica de certos cientistas diante de suas cobaias.

Leniza tremeu — (Com que direito ele continuava a espioná-la?):

— Até você já sabe disso?

— Que é que você quer? Dulce é um caso nacional — e ele balançou os ombros, cínico, modesto.

— E você acredita? — perguntou Leniza duramente.

Oliveira deu um passo:

— Vai para lá?

— Você acredita, Oliveira? — e ela continuou parada, insistindo, os lábios tremendo. (Sempre falso, covarde, mesquinho!)

— Vai para lá?

— Você é muito baixo!

— Outra prova de que não me conhece... (E ele mesmo se admirava de se portar como estava se portando!)

— Conheço-o de sobra! E antes não conhecesse.

— Sim, eu sei que você é uma espécie de dicionário de homens.

— Menos insulto!

— Sim, menos insulto. Perdoe. Já brigamos muito, não adianta brigar mais. Acaba-se perdendo a vergonha.

— Como se você soubesse o que é isso.

— Então, empatamos — e Oliveira estendeu-lhe a mão com uma proposital indiferença: — Até outra vez.

Leniza recusou-a:

— Não. Lepra pega.

Oliveira sentiu novamente a pancada, como um boxeador que se empregou demais na luta e resiste mal aos últimos golpes. Fugiu:

— Estúpida! — e afastou-se.

Leniza tinha um nó na garganta — cólera, vergonha, opressão. Ele seguia-a. Ele sabia de tudo. Ele zombava dela, cheio de um sarcasmo que jamais conhecera nele. Gozava as suas quedas. Avançou para o táxi que passava, atirou-se nas almofadas chorando — e nunca quisera salvá-la. Dar um passo para a frente, conquistá-la, dominá-la, pusilânime!

— Para onde? — perguntou o chofer com um áspero acento lusitano.

Leniza não sabia responder. Os óculos escorregavam pelo nariz. Ainda bem que estava de óculos — as lágrimas corriam.

NÃO CONSEGUIU DORMIR. Ouviu bater todas as horas, em todos os desencontrados relógios da vizinhança, na pequena e seca sineta do quartel. Como era difícil viver! Como Oliveira era cruel! Como o mundo era cruel! Como tudo era sujo, insignificante, atroz... E Oliveira tinha razão. O que lhe doía mais era que Oliveira tinha razão. Ele, que era tão ruim quanto ela, tão pecador quanto ela, é que tinha razão! Como caíra! Como era frágil a sua vontade, como era fraco o seu corpo. Precisava subir e por isso se entregava à toa, como coisa morta e sem ânimo. Dulce jogava com ela da maneira que queria. Não tinha forças para reagir. Temia perder o pé, cortar a sua subida. E sentia que precisava ter coragem, reagir, libertar-se de Dulce, mesmo que fosse uma vitória fictícia, uma vitória fictícia como todas as suas vitórias, mesmo que fosse para cair logo depois, porque ela pressentia que cairia logo depois! Mas como? Como? E o fim do mês? Onde conseguiria dinheiro? Mas precisava romper com Dulce. Oliveira... A cabeça doía. Quatro horas! Levantou-se cautelosa para não acordar a mãe. Dona Manuela, com as mãos cruzadas sobre o peito, tinha a posição dos mortos. Mas roncava pesadamente. O seu peito farto subia e descia num arfar igual, ritmado. Daquele peito recebera o primeiro calor, o primeiro alimento, a primeira proteção. Por ela, aquele peito padecera, batera-se, aniquilara-se, dia a dia. Sentiu vergonha — a mãe sofrera, muito mais do que ela, e através de todas as vicissitudes se mantivera corajosa e honesta! Pela primeira vez sentiu vergonha. Contemplou o perfil adormecido — como a enganava!... E ela tão boa, tão ingênua, tão crédula... E se soubesse, um dia?! Nem queria pensar. Sacudiu a cabeça como quem espanta uma poeira que nos envergonha. Foi para a janela. Uma frialdade agradável de madrugada recebeu-a, úmida e sedativa. O céu estava de um azul muito escuro, estrelado. Nunca lhe pareceu tão imenso, tão infinito. Que haveria lá para além das estrelas? Um arrepio percorreu-lhe o corpo. O coração bateu-lhe com mais intensidade — tinha medo da morte, do fatal aniquilamento, da cova fria. E as estrelas brilhavam. E a via láctea era um caminho branco no céu. Pelo branco caminho é que as almas trilhavam. Pelo branco caminho, um dia, sua alma trilharia... O medo voltou. Mas voltou sem sobressaltá-la. Nem era mais medo, mas uma comoção mansa, serena, duma serenidade de canto religioso, de alma que encontra o infinito. Morrer? Sim, morreria. Ficaria dura, muda, fria, imóvel, para sempre fria e imóvel. Os seus pés, as suas mãos, os seus olhos, o seu corpo, um dia, desapareceriam consumidos pela terra inexorável. Um dia, ninguém mais se lembraria dela. Ninguém!... Sentiu qualquer coisa de terrível e injusto — ninguém!... A vida dos homens passa como uma sombra. Quem se lembrava do pai, que era tão bom? Quem se lembrava da comadre? Nada restaria, um dia, da sua passagem. Nada!... Olhou o céu, o céu que não responde. Na rua silenciosa passa um automóvel, de faróis abertos, depois um notívago, devagar, fumando, apreciando a madrugada. Galos lança- vam os seus cantos vibrantes. E ela contemplava o céu — aquela paz, aquela misteriosa e indevassável paz. Sentiu-se verdadeiramente mesquinha, insignificante, pobre verme miserável e aflito, inutilmente aflito ante a grandeza eterna daquela paz. E os olhos, insensivelmente, se molharam, e as lágrimas rolaram pelo rosto como um orvalho tran- quilo e purificante que viesse do céu. Sentiu-se mais leve, mais desafogada, mais lúcida, sentiu-se inocente como se tivesse nascido naquele instante. Uma luz se acendeu na janela de um apartamento longe. O coração vibrou tocado por um sentimento generoso de solidariedade: que seria? Talvez alguém que sofresse. Talvez alguém que estivesse enfermo e que se sentisse pior e que pedisse auxílio. Talvez alguém que a morte estivesse rondando. Talvez alguém que... E num sopro de vento, mais frio e mais forte, que vinha do mar com um cheiro de salsugem, chegou um choro esfaimado de criança pequena. E seu coração se comprimiu num desejo imprevisto de qualquer coisa como aquele choro, que a fosse prolongando sobre a terra, que lhe trouxesse a ilusão da imortalidade.

OUTRO FIM DE MÊS e a Metrópolis não pagou nada. Porto explicou que fora um mês apertado... Ficariam em conta-corrente... Depois...

— Eu sei o que significa essa tal conta-corrente — respondeu Leniza.

Porto aproveitou a frouxidão imprevista para ele (a pequena era mesmo desconcertante!) e entrou com o jogo:

— Ainda bem que sabe, ainda bem que compreende. Se fosse possível, não haveria dúvida que se pagaria, o pessoal aqui é honesto...

— Muito!...

— ... sim, é honesto!, repito, mas a estação é deficitária. Aliás você já deve estar farta de saber. Aguentá-la já é um prodígio.

— Mas você recebe.

— Está muito enganada. Recebo uma miséria, quando recebo. Ando sempre pendurado. Ajeito-me por outros lados.

— Mas eu não tenho outros lados.

Porto viu a conversa chegar, mais depressa do que calculara, ao ponto que queria:

— Tem sim. Todos têm os seus "outros lados". É que nunca fez caso deles, nunca soube explorá-los, fazê-los render.

— Mas que "outros lados" são estes tão misteriosos, então, que eu não vejo?

— Não viu porque não quis ver. Você não é nada cega... Nada.

— Acho que sou cega, sim, porque, francamente, não percebo.

— Não percebe, Leniza?

— Não. Parece que não são ondas para as minhas antenas.

Porto riu e começou a explicar (ela ouvia-o, séria):

— É o que todas fazem, Leniza. Tudo isso é uma ilusão. É o que todas fazem.

Ela sorriu:

— Todas?

— Não, todas não. Mas quase todas — apoderou-se dele uma forte repugnância pelas suas palavras, sentiu-se abjeto, arrematou: — Ninguém pode viver da Metrópolis. Você não viu logo?

Foi Dulce, mais uma vez, quem a salvou, comparecendo com os seiscentos mil-réis. Pagou o que pôde e ficou a nenê.

QUANDO LEVANTOU A CABEÇA do prato deu com a mãe olhando-a com uns olhos tão diferentes, tão esquisitos, que se sentiu mal. Desconfiaria de alguma coisa, afinal? Parecia-lhe que ela observava-a, procurando descobrir sinais denunciadores no seu rosto. Já era a terceira ou quarta vez que a apanhava assim olhando-a, perscrutadora. Mesmo o seu modo de falar ultimamente era outro. Parecia cauteloso, suspeito. Tentou olhá-la, ela porém persistiu fixando-a. Tentou falar, e ela não respondeu. Não aguentou mais. Não era medo, era vergonha. Saiu da sala, refugiou-se no quarto. A mãe deu um suspiro.

ROMPERA COM DULCE. Foi uma cena! Nem queria se lembrar. Quanta coragem precisara reunir para fazê-lo! O que ouvira, o que respondera tomada de uma fúria indomável! Deixara Dulce aniquilada. Ingrata! Ingrata!, gritara Dulce mil vezes, como se nessa palavra estivesse firmada a sua única possibilidade de defesa. Ficara insensível, atacara ferozmente:
— Paguei com meu corpo! Paguei com meu corpo!
Usava as mesmas palavras com que Dulce em tempos a animara: é a vida! E nunca mais vira Dulce. Saíra do apartamento dela disposta a se aguentar na vida custasse o que

custasse: iria se entregar ao tal dono da fábrica de calçados. E pediria ao Porto que a apresentasse quanto antes, pois estava "precisando muito". Porto achou a ideia "um tanto infame", mas não fazia objeções — apresentaria; por peso dela, porém, Amaro Santos se achava fora do Rio, consertando o fígado cinquentenário numa estação de águas minerais, e só voltaria dentro de um mês. Estava decidida:

— Você está livre, Porto?

— Livre, como?

— Sem compromisso com alguma mulher.

— Felizmente...

— Você me acha cara por seiscentos mil-réis por mês, durante um mês?

— Como?! — fez ele surpreso.

— Quero ser tua durante um mês. Um mês só. Enquanto o bestalhão do Amaro não volta. Acha caro?

— Não. Barato. Baratíssimo — (estava assombrado!)

— Pois sou tua.

Achavam-se no gabinete de Porto. Ela levantou-se da cadeira e sentou-se no colo dele, que a beijou com uma certa ternura, com a ternura de quem beija uma criança travessa:

— Maluquinha!

PORTO MORAVA NUM pequeno apartamento onde dir-se-ia ter havido um terremoto.

— Você vive no meio desse frege? — perguntou ela a primeira vez que foi lá.

— Por que não?

— E você consegue achar alguma coisa nessa bagunça?

— Consigo.

— É incrível.

— Estou acostumado. Se arrumarem é pior. Aposto.

Leniza achou graça. Dentro do guarda-roupa havia livros, muitos livros, jornais, revistas estrangeiras, vidros de remédio, retratos de uma porção de gente, um mundo de cartas e cartões. Na estante havia roupa suja, tafulhada no meio dos livros, páginas de papel escritas naquela letra incompreensível que era motivo de troça de Leniza. No chão, montes de papéis, de roupas velhas, sapatos velhos, caixas vazias, pontas de cigarro. Na única poltrona não era possível se sentar, pois estava coberta de mil objetos diversos.

— Mas ninguém arruma o quarto, meu bem?

— Não. O arrumador do edifício é mais relaxado do que eu...

— Pois eu vou fazer uma faxina em regra aqui.

— Menos hoje.

— Começo hoje, sim. Não é possível arrumar tanta desarrumação num dia só.

— Hoje, não. Hoje você é minha.

— Há muito tempo para ser tua. Trinta dias!

Em duas visitas o quarto sofrera uma transformação radical. Limpo, tudo nos seus lugares, um cacto se recortando, espinhoso, na claridade da janela:

— Não acha bonito? Dá sorte.

— Quem disse?

— Ora!... Quem os vende — e contemplando a obra terminada, com legítima satisfação: — Você não se sente melhor assim?

— Sinto — e Porto sorria satisfeito.

— Ingrato. Parece que não sente nada.

— Sinto, sim. Que você é muito melhor do que aparenta.

— Ninguém parece o que é. (Oliveira dissera: "Quanta coisa parece e não é...")

— Isto!

Foram dias serenos, aqueles. Porto era alegre, delicado, tratava-a com uma ternura inédita para ela.

— Feche a porta, sol da minha idolatria!

— Sol de quê?

— Da minha idolatria.

— Sai, urso!

Ou:

— Passou tinta de carimbo nos beiços?

— É o batom da moda, seu paspalhão!

— Que extravagância!...

— Extravagância é o seu nariz. Você não entende disso.

— Está bem. Está bem. Mas vamos ver ao menos se esse batom não modifica o gosto dos beijos — e beijou-a.

Ou:

— Você sabe que de perfil é mais bonita de um lado que do outro?

— O quê?!

— Está surda? Você sabe que de perfil é mais bonita de um lado que do outro?

— É?! Que graça!

— O lado direito do seu rosto é mais harmonioso, mais perfeito. A orelha é mais graciosa, mais bem-feita. As sobrancelhas sobem num arco mais regular. E as pintinhas?! Pensa que não embelezam? Juntinhas como as três-marias no céu!...

— É bom ficar sabendo. Quando quiser agradar mais, já se sabe, viro o lado direito. Se quiser agradar menos, bimba!, viro o lado esquerdo.

— É o "lado do coelho".

— Como é isto?

— É um caso que sobrou da minha infância querida, como diz o poeta. Eu tinha uma tia em Piracicaba — morreu no ano passado — que em matéria de doces estava sozinha, era uma notabilidade, um verdadeiro gênio! Uma simples marmelada feita por ela tornava-se um manjar dos deuses e, aliás, marmelada era o seu forte. É doce que rende, barato, e havia muitas crianças em casa. Só filhos, tinha sete! Sobrinhos, nem sei mais a conta. Uns doze, creio. Mas voltando à marmelada, ela fazia tachadas enormes, que deixava esfriar em fôrmas. Tinha fôrmas de todos os tamanhos e feitios, uma, então, muito engraçada. Representava um coelho sentado, com as orelhas muito levantadas. Tinha vindo da Europa, não sei quem lhe dera. Mas que é que você está olhando assim para mim?

— Estou te ouvindo, ué! Te adorando...

— Ah! Então ouve só. Não sou santo para ninguém adorar.

— Deixe de ser enjoado e continue a contar.

— Bem. Estás a ver, o coelho funcionava quase sempre. E se tínhamos festa em casa era certo uma marmelada coelhal enfeitando o centro da mesa. Como, porém o desleixo de uma empregada fez com que se amassasse um dos lados do coelho, exatamente na cara, minha tia, quando botava o bicho na mesa, tinha a habilidade de colocá-lo de lado, escondendo o lado amassado com um vaso de flores. Assim, ninguém notava a imperfeição.

— Gozado!

— Gozado é que me serviu de lição pela vida afora. Pude observar — é um pouco besta, mas é verdade — que tudo e todos têm o seu "lado do coelho". E é sempre interessante a gente saber qual é o nosso.

— O meu eu sei.

— E o meu?

Ela ficou pensando. Demorou um pouco. Não sabia:

— Não sei.

— Nem saberá. Mas venha de lá este teu "lado do coelho" — e pegando-lhe no rosto deu, no lado esquerdo, um beijo muito estalado: — É para ficar mais bonito!

Tinha sempre um caso engraçado para contar, para comentar. Tinha sempre uma observação justa para fazer. Dava-lhe muitos conselhos e não ficava neles, interessava-se verdadeiramente por ela na estação. (Dulce espinafrava-a por toda parte, de todas as maneiras. Revoltara-se: — Está vendo só, Porto?! — Ele aconselhara: — Não ligue. Ela estranhamente dócil: — Está bem, não ligo.) Passara-a para um programa melhor, fizera boa publicidade dela pelos jornais, com as fotos do Wangel. Só não conseguira ainda arranjar que lhe pagassem. "Você sabe, Leniza, não fica bem. Parece que eu estou me aproveitando da minha situação. É até ruim para você. Criarás uma cauda de inimizades, inteiramente inútil. A Dulce já basta." Mas a publicidade, diária, intensa, floreadíssima, pois Porto tinha realmente prestígio junto às seções radiofônicas dos jornais e uma certa originalidade para escrever as notícias, deu franco resultado. Na entrada de um cinema já ouvira um rapaz, que parecia estudante, dizer: "Aquela é a tal Leniza Máier." O coração bateu precipitado, parou, para depois continuar a bater forte e vaidoso — "Aquela é que é a tal Leniza Máier." Naquela noite tratou Porto com um carinho e uma camaradagem ainda maiores. Ele caçoara: — Quando macaco vê muita banana, desconfia... — Mal-agradecido!, respondera. Chegara a pensar que estava gostando dele. Estaria? Não. Não estava. Sentia era uma grande camaradagem, uma compreensão como jamais experimentara por nenhum homem, uma sincera gratidão pela atenção que lhe dispensava, não dando a perceber que ela era uma mulher que se paga.

Durante a arrumação do apartamento, no fundo de uma gaveta, encontrara uma velha fotografia já amarelecida:

— Quem é esta moça tão linda?

— Minha mãe — respondeu Porto.

— Vamos botá-la em cima do toalete. Sempre que você for lá, olhará para ela.

— Você é um anjo...

— Ela mora aqui, Porto?

— Não. Morreu há muitos anos.[5] Em São Paulo. Eu sou de São Paulo, você não sabe?

— Sei. Veio para cá há muito tempo, não foi?

— Mais ou menos. Dez anos. Já estou ficando velho...

— Velho coisa nenhuma!

---

5. "...Queira Deus que tu nunca te encontres na vida com o coração em condição de não poder deliberar com independência" — da viúva Ataliba Porto (nascida Taques de Sousa), em São Paulo, a Manuel Porto, em São Paulo. "...O coração não é cego como dizem. É o irremediável, mamãe, feito por suas mãos." — De Manuel Porto, no Rio, à viúva Ataliba Porto (nascida Taques de Sousa) em São Paulo, "Afinal, eu não te compreendo, meu filho. Que querias que eu fizesse? Em nome de que sentimento te arvoras em tão impiedoso juiz?" — da senhora Carlos Pinto Matoso, em Santos, a Manuel Porto, no Rio. "Parece que minha vida vai mudar com a intempestiva chegada (não é bem chegada, já a conhecia, mas não "a descobrira") de uma criatura que é tão cheia de defeitos quanto de graças, mal-educada quanto inteligente, tão mentirosa quanto" — de Manuel Porto, no Rio, a seu amigo F. I. P., em Itu. "Ando meio tonto. Não sei se é remorso que sinto. Remorso tardio, se for remorso. Penso, agora, que, querendo ser justo, fui tolo. Não soube compreender as exigências da vida" — de Manuel Porto, no Rio, à sua irmã Cida — Maria Aparecida Porto Martelotti, em São Paulo.

— Trinta e sete. Quase podia ser teu pai.

Ela parou no meio do quarto:

— Você é tão bom, Porto. Daria um bom marido. Palavra! Por que é que você não se casa?

Ele balançou os ombros (notaria ela que seus olhos ficaram úmidos?) e foi-se deitar na cama:

— Já passei do tempo... — (Como ela estava distante!...)

— Passou o quê!

— Passei. Passei — e procurando sorrir: — Venha para cá.

Leniza foi. Levava no olhar, no gesto, no corpo, uma graça de noiva que se entrega. Ele cerrara os olhos como se quisesse ver uma miragem que trazia no coração:

— Assim. Me beije agora direitinho (tão distante!...). Ela beija-o:

— Assim?

— Não sei... Você deve saber... — (Ah!, a imagem era branca e ingênua, e dançava e cantava como numa festa de primavera!)

— Não sei por quê! — e beija-lhe o cabelo fino, as pálpebras fundas, arranha o rosto na barba espessa e azulada: — Meu porco-espinho.

— Que bom!... — ele geme.

— Bom mesmo?

— Uma delícia!...

— Ainda bem que confessa, seu Manuel (o nome de Oliveira era José Carlos...).

— Nomezinho feio, não acha?

— Não. Bonito. Meu padrinho chama-se também Manuel.

— Então é por isso que você acha bonito.

— Nunca o vi. Morreu antes de eu começar a andar.

Uma tarde, era domingo, ele perguntou:

— Foi o Mário?

— Foi (ela mordeu os lábios — iria chorar? Não. Não chorou).

— É um tipo muito à toa (e ele falava com os olhos num ponto vago, como se estivesse preso a algum acontecimento do passado, a uma época distante da sua vida que procurasse esquecer).

— Sim, mas eu fui a culpada — sussurrou ela.

Os olhos de Porto desceram, pregaram-se nela, e a fisionomia cobriu-se de uma cor que poderia ser de alívio.

Outra vez perguntou-lhe à queima-roupa:

— Que é que houve entre você e a Dulce, hem? Conte.

— Nada.

— Ande. Deixe de fita. Quero saber.

Ela não contara nada (para que ele tivera aquele sorriso maldoso, sarcástico, insuportável?) — não adianta insistir, Porto, é inútil. Ele sorria (mas já não era o mesmo sorriso que a ferira, era um sorriso suave, de amigo que se compadece) — você é uma enjoada mesmo.

Ela arriscou, curiosa:

— Mas para que é que você quer saber?

— Para estudos.

— Estudos!... Essa é muito boa! Estude à custa de outra. À minha, não.

AO FIM DOS TRINTA DIAS, Amaro voltou e apareceu pela Metrópolis, para ver como iam as meninas, como ele dizia. Vinha mais gordo, mais rubicundo, o olhar mais lúbrico. Porto chegou-se com ar de tristeza:

— Está aí, afinal, a beleza que você espera, Leniza. É para se dizer: acabou-se o que era doce.

Ela virou-se, meiga, dengosa:

— Estou te dando prejuízo?

— Não — respondeu ele num tom de absoluta sinceridade. — Pelo contrário.

— Então é deixar passar o tempo sem Amaro. Quer?

Porto queria, mas ao fim de uma semana dona Manuela, pela primeira vez na sua vida, não se levantou da cama uma manhã. A cabeça doía-lhe horrivelmente. Não suportava a claridade do dia, a febre era alta, tiritava. Ainda quis se tratar com remédios caseiros — aquilo não era nada, passaria com um chazinho. Mas por volta do meio-dia piorou bastante e Leniza tratou, alarmada, de chamar um médico. Seu primeiro pensamento foi para Oliveira, mas logo enxotou a ideia. Chamou um médico que morava na vizinhança, dr. Vasconcelos, muito insinuante, muito simples. Ele compareceu com presteza e disse a Leniza que o estado de dona Manuela inspirava cuidados.

— Mas é grave mesmo, doutor?

— É.

Leniza desdobrou-se. Seu Alberto foi dedicadíssimo. Revezavam-se nas vigílias. Dona Manuela sofria, mas não soltava um gemido. Com olhar morto acompanhava os gestos de Leniza, que num ataque de súbita ternura, numa dedicação que a reconfortava, que figurava-lhe saldar todos os seus pecados em relação à mãe, não se poupava, carinhosa, sempre alerta, extremosíssima. Abandonou o estúdio — danassem! (Porto aprovara: — É isso mesmo!) —, não saía um só minuto de casa, firme ao lado da doente. Porto viera visitá-la algumas vezes.

— Tens dinheiro? — ela asseverou que tinha. — Olhe lá, hem!... — ele insistia. Jurou que tinha, que não mentia — mentir para quê?

Na porta, ele pegara-lhe na mão, beijara-a, acariciara-a, falara-lhe com uma ternura de namorado, deixara-a com umas importunas lágrimas brotando. Amor? Gratidão? Não sabia, não queria aprofundar, mas estava perturbada.

AO FIM DE QUINZE DIAS, dona Manuela arribava. Mas as contas do médico e da farmácia somaram uma quantia que tonteou Leniza. E ainda havia as contas normais da casa, as suas prestações... Não teve dúvidas — era preciso acabar com o "caso Porto", virar decididamente as costas ao sentimental, encarar com frieza e decisão a realidade.

E atacou de frente o velho Amaro, que caiu logo. Amaro tinha uns gestos afetados de protetor que a enojavam. Porto quisera, a princípio, ser calmo e irônico — Você é surpreendente, meu amor! —, mas acabou por magoar-se seriamente. Leniza tentou explicar, tentou lembrar-lhe o acordo, mas ela mesma já se arrependia da precipitada decisão, só não queria dar o braço a torcer, e explicava por explicar... Mas ele não aceitara a explicação. Ela acabou por sentir-se vencida. Chorara, ajoelhara aos pés dele, sinceramente arrependida, pedindo perdão. Foi inútil. "Não! Não! Tudo que você precisasse, Leniza, eu haveria de arranjar. Você nem sabe como eu já estava gostando de você!..." Ela sabia. Como era delicado, terno, complacente para suas tolices. Como procurava corrigir os seus gestos impensados e as bobagens que dizia. Perto dele sentia--se contente, plácida, satisfeita... Afinal, Leniza sentiu-se humilhada demais:

— Mas o que é que você quer então que eu faça? — perguntara desesperada. Quisera que ela não tivesse feito aquilo, nada mais, respondera ele. O seu gênio, tanto tempo adormecido, explodiu: — O que está feito, está feito! Foi asneira, me arrependo, mas já que não quer me aceitar outra vez, está tudo acabado! — ele ficou mudo, e ela sofreu mais com o silêncio que se ele a tivesse agredido com palavras e gestos.

Na Metrópolis não continuaria. Era impossível. O velho Amaro quisera saber por quê. Não tinha nada que saber.

Metesse com a vida dele! Queria sair e estava acabado, não amolasse com perguntas, que ela não tinha obrigação de lhe dar satisfações de seus atos, se achasse ruim fizesse meio-dia (expressão que lhe ficara dos tempos de laboratório). O velho encolheu: — Pronto, pronto, não precisa brigar. Para que brigar? Saiu? Estava acabado. Ela não tinha tudo que queria? Pronto, pronto — mas Leniza insistira: — É bom para me conhecer. Nada de se meter comigo! — e saiu mesmo. Dois dias depois aparecia na Continental, que era uma estação infinitamente mais importante, graças aos esforços conjugados de Amaro e de Negrinho, que tinham muita influência junto ao diretor artístico. Entrou, e entrou com o pé direito. Mário Lino, Antônio Augusto e "Zé-Com-Fome" tinham feito um samba, "Gastei todo o meu amor com um homem" *só*, que foi lançado por ela na estreia com um êxito considerável. Os pedidos choveram na estação para que ela o repetisse. Na mesma noite bisou--o. Incluiu-o sempre como primeiro número nas audições seguintes e uma semana depois gravara-o para a Discor. Durante um mês não se cantou outro samba na cidade. Seu nome subiu cem por cento de cotação. A Carioca deu-lhe o retrato na capa. A *Radiofonia* alargou-se numa entrevista em que apareceu respondendo a uma infinidade de questões que não lhe tinham sido perguntadas (— Qual é o maior desejo da sua vida? — Amar!)

Amaro era feliz no seu apartamento, que Leniza visitava cronometricamente três vezes por semana. Ela, porém, passadas as primeiras sensações de entusiasmo pelo sucesso alcançado na nova estação, caiu numa profunda depressão. Sentia-se, como nunca, desarvorada e infeliz. Amaro aborrecia-a. Achava-o odioso com os seus "meu anjo", "meu bem", "meu amorzinho", com a sua papada vermelha, seus momentos lúbricos, suas mãos que pareciam queimar como ferro em brasa, que davam a impressão de deixar-lhe no corpo uma marca ignominiosa como a marca feita a fogo nos escravos e nos animais. Porto recusara-lhe um cumprimento na rua, virando a cara ostensivamente. Não podia compreender. Não se conformava. Ele, que se mostrara sempre tão generoso, tão displicente pelas faltas alheias, não lhe perdoara. No entanto tinha sido sincera, e dera o passo para Amaro na certeza de que ele não se importaria, que compreenderia a sua necessidade, que continuaria a querê-la.

ENCONTRARA-SE COM OLIVEIRA, que viera para ela, alegre, brincalhão, como se nada tivesse acontecido entre eles.

— Está ancorada em outro porto, não é? Que tal?

Não estava visto que ele andava de boa maré, ganhara bastante na véspera, com certeza? — e ela tivera suficiente calma para responder no mesmo tom:

— Regular. Com o tempo pode-se arranjar abrigo melhor.

— Cuidado para não afundar. Acontece muito.

— Não tenho medo. Eu sei boiar.

— Bem sei. Estou avisando apenas. Quem avisa...

— Oh, agradecida!... Aqui fica no fundo do coração.

Andaram lado a lado um extenso quarteirão. Oliveira quis prosseguir, mordazmente, louvando-lhe a grande e legítima consagração. E ela ia embalada por lembranças de outros tempos. — Você se lembra, Oliveira? Ele mudou — se lembrava! E foram andando muito amigos, envolvidos por uma onda de entendimento. Leniza falou-lhe da mãe, contou-lhe a sua doença, os maus momentos porque passara, confessou-lhe a capacidade de abnegação de que jamais se sentira possuidora.

— Por que você não me chamou?

— Pensei nisso. Depois... — e fez um gesto vago.

— Ora... Você não pode imaginar como eu teria ficado contente em poder te servir.

— Fica para outra ocasião, mas queira Deus que não seja nada de doença.

Oliveira pegou-lhe na mão: — Espero que sim. Nada de doença — ela deixava a mão presa, e aquele calor perturbava, comovia. Recordava-lhe outros momentos, comovidos e perturbadores — acendeu-lhe no peito uma luz remota de esperança que foi crescendo, crescendo... Olhou-o bem nos olhos — eram os mesmos de outro tempo, castanhos, escuros, fugidios, talvez maus... Suspirou:

— Você ainda se lembra de mim, pensa em mim?

Ele retirou a mão e respondeu com dureza, como se tivesse esperado dela um momento de fraqueza para se vingar:

— Estás muito melosa. O passado é letra morta. É melhor deixá-lo enterrado.

Mas a luz estava acesa e ela tentou:

— Tuas mãos não dizem isto...

— Mentem.

— Não acredito.

— Você sempre duvidou de todas as verdades e acreditou em todas as mentiras.

— Que você gostasse de mim, é um exemplo, não?

— Vamos mudar de assunto?

— Vamos. Mas me diga antes uma coisinha, uma coisinha só: por que você veio falar comigo assim?

— Assim como?

— Assim como não falava havia muito tempo (e os olhos se ameigavam mais e um rubor tomava-lhe a face). Assim como me falava antigamente, algumas vezes.

— Veneta — e sorriu, o sorriso antigo, o mesmo sorriso antigo, mau, de tímido que se faz valente.

Pagou-lhe na mesma moeda:

— Você ri, Oliveira, como se tivesse bons dentes!...

Dona Manuela sentara-se junto à janela, olhava o casario se estendendo. Um bondinho passava pelo viaduto. O convento de Santa Teresa, na encosta do morro, protegido pela árvore imensa, era qual branco refúgio das últimas almas tranquilas. Leniza forçava a conversação: tudo ia muito bem, parecia que ia gravar mais uns discos, talvez fosse convidada para cantar no Grande Cassino. A proposta dependia de um tal de Barros, que era quem fazia os programas dos shows. Dona Manuela não respondia. Depois houve um momento em que os olhares se encontraram. Dona Manuela estava magra, uma sombra do que fora, só nos olhos permanecia um resto de coragem do passado. Falou:

— Eu estava guardando uma coisa, Leniza, mas não quero guardar mais. Recebi uma carta falando muito mal de ti ("Não tenho nada com o caso, não tenho por hábito me envolver na vida de ninguém, mas tenho pena da senhora. A senhora está muito iludida..." Iludida?)

Leniza ficou branca. A voz faltou. Dona Manuela voltou a olhar a paisagem, urbana e medíocre, eriçada de arranha-céus, símbolos orgulhosos de uma falsa grandeza (tinha de dar naquilo. A culpa fora dela. Confiara demais. Cega que fora!) O sol descia sobre os telhados.

— Como era a carta?

— Era uma carta à máquina ("não ganha nada. Vive à custa de um velho depravado, como já viveu de vários outros patifes, dos muitos que...")

— Me mostre.

— Rasguei. ("Sinto sinceramente ter de lhe contar tantas misérias, mas se faço é pensando no seu coração de mãe e com verdadeira esperança de que a senhora possa ainda afastar sua querida e inexperiente filha do caminho da perdição...")

— Devia ter me mostrado, mamãe. E não ter acreditado nela (acreditara!). Esta vida é uma miséria. É inveja, inveja! (sabia de tudo! De tudo!) Se eu tivesse fracassado, não teria recebido carta nenhuma. Mas eu venci. É imperdoável para muita gente.

— Foi o que seu Alberto disse (seu Alberto também fora culpado. Muito culpado. Mas como ele defendera Leniza: é uma infâmia!)

— Seu Alberto leu? (seu Alberto lera. Seu Alberto também sabia de tudo.)

— Sim, leu ("sua sincera amiga...") Eu dei a ele para ler (com que vergonha, sim, com que vergonha: — seu Alberto, veja o que eu recebi).

— Mas por que é que não me mostrou a mim, mamãe? Por quê?

— Porque fiquei perturbada, não quis te aborrecer. Você estava tão feliz. Seu Alberto tão entusiasmado... Não duvidei de você, Leniza (Sua filha estava perdida, para sempre perdida!) Nem um minuto. Pensei que fosse coisa lá da ladeira, coisa de dona Antônia, sei de quanto ela é capaz...

— Mas que dizia a carta, afinal, mamãe?

— Dizia — e dona Manuela emitia as palavras com dificuldade, com pudor, como se Leniza não compreendesse o que ela iria dizer, como se Leniza fosse ainda a mesma criança gorda e alegre que ela aconchegara ao peito — dizia que você vivia à custa de um velho, um velho rico.

Leniza teve um dos seus repentes:

— Canalha! Não era de dona Antônia, não! Eu sei de quem é. Eu sei de quem é. Não te incomodes que não fica assim. É despeito, o mais reles despeito! Que gente! Que mundo! — levantou-se e foi para a janela. Debruçou-se. O sol punha um último brilho na terra e no mar. Não demorou muito (se tivesse coragem atirar-se-ia do viaduto e estaria tudo acabado), virou-se como se tivesse sido tomada por mil demônios.

— Não te incomodes, mamãe, que não receberás mais cartas.

Bateu para o telefone da portaria, e tocou para Dulce.

— É você, não é, sua safada? Quem está falando é a Leniza. Le-ni-za! Só agora soube da tua carta — compreendeu? — senão você já tinha ouvido. — Dulce não compreendia: — Que carta? — Não se faça de besta não, tua carta! — Sem-vergonha, ordinária! — Dulce quis também falar grosso: — Não se faça de tola, não sei de carta nenhuma, não seja burra! — Leniza perdeu as estribeiras: — Burra é a tua mãe!, e fique muito quieta aí senão eu te desacato na rua, onde encontrar, encho essa cara de bofetões! Te escangalho! — e desligou. O peito arfava. O rapaz da portaria estava de boca aberta. Leniza pegou o elevador ainda excitada, vermelha, enfurecida. O elevador não subia. Não fechara a porta direito: porcaria também! E com um safanão ajeitou a porta.

*

O CONTRATO DO CASSINO não veio, a venda dos discos não lhe deu grandes lucros, mas a Continental estava lhe pagando direitinho quinhentos mil-réis por mês. Suas despesas atingiam agora a um mínimo de um conto e quinhentos. Só em cabeleireiro iam uns vinte mil-réis por semana. Era incapaz de fazer as unhas, viciara-se em manicura. Cinema todos os dias. Não dispensava lanches na cidade. Chapéus, era um por mês, de cem mil-réis para cima. Sapatos, tinha um batalhão, mas também Amaro tinha uma sapataria de luxo... E era ele que entrava com a diferença. Aliás, tolerava-o mais agora. Já não lhe era mais odioso. Era até delicado, paciente, mão-aberta. E não a azucrinava em absoluto. Dava-lhe inteira liberdade. O que tinha era uma indisfarçável vaidade da sua presença em público ao lado dela. Lia-se no olhar, brilhante, baboso, lia-se nos seus gestos e na sua atitude, na maneira de falar, o orgulho de tê-la por amante, o que de algum modo a deixava satisfeita, tocada.

DOIS MESES SE PASSARAM quando Martinho lhe deu, na sala de entrada da Continental, a notícia de que a Metrópolis tinha fechado as portas, acarretando vultosos prejuízos a muita gente.

— E o Porto, como ficou? — perguntou ela incontinenti: Martinho não sabia informar. Naturalmente não ficaria mal. Era um rapaz inteligente, ativo, não tinha culpa do que acontecera. A culpa cabia a outros. Na certa se arranjaria bem, com facilidade. Leniza achou que sim também. Lembrou-se da primeira vez que entrara sozinha no gabinete de Porto para falar com ele. Chovia torrencialmente. — Boa tarde. — Com este temporal? — respondera ele, do meio da sua papelada, chupando um charuto. Leniza entrou comovida no estúdio. Cantou comovida à lembrança de Porto — sim, foram dias felizes! —, que se achava na rua assim de uma hora para outra. Como tudo muda. Sentia-se feita, encarreirada, e ele, ele que a amparara, encaminhara-a, protegera-a, dera-lhe os conselhos mais úteis para vencer, ele estava sem emprego. — Que é que você tem? — perguntou-lhe Rísio, que era o diretor de *broadcasting*. — Que cara é esta tão desconsolada? — Nada, ou melhor, coisa da vida... — respondera. E mal acabou o programa, pegou um táxi e bateu à procura de Porto. Na portaria do edifício onde ele morava informaram que havia deixado o apartamento na véspera e embarcado para São Paulo. — Mas não volta? — Não. Não voltava. Pelo menos não tinha dito nada a esse respeito. Liquidara tudo.

Leniza saiu devagar pensando em Porto, e naquele momento todas as suas boas qualidades vieram aumentadas, avolumadas, acrescidas. Chegou em casa mais cedo, pouco passava das onze. Seu Alberto tinha ido visitar um conhecido — mais um milagre. Contou tudo à mãe. Sentia necessidade de falar dele, relembrar fatos, lamentar o fracasso da empresa por que tanto se esforçara, louvar-lhe as qualidades... É um amigo que se perde, um verdadeiro amigo. Dona Manuela concordava constrangida — tinha gostado muito dele, muito delicado, muito simpático (teria sido um dos tais?)... Aventurou:

— Mas vocês estavam zangados ultimamente, não estavam?

— Bobagens... — e Leniza fez um gesto vago no ar.

Dona Manuela procurou ser natural:

— Você é mesmo brigalhona, minha filha. Não sei a quem saiu.

— É o que eu a mim mesma me pergunto muitas vezes — e Leniza esticou-se na cama, recordando-se do perfume que ele usava, um perfume muito suave, do seu sorriso um pouco triste, sim, um pouco triste; da ternura com que a beijava, do prazer que lhe dava etc.

O CONCURSO PÚBLICO no recinto da Feira de Amostras não foi positivamente uma consagração, mas os quatrocentos e oitenta votos conseguidos, deixando para trás uma porção de nomes de cartaz, encheram-na de uma alegria imensa. Seu Alberto valorizava ainda mais a votação acentuando que ela não fizera como as outras, isto é, uma prévia campanha eleitoral. Nem comparecera à Feira para cantar, como aliás tivera sido muito anunciado antes.

Não restava dúvida que os quatrocentos e oitenta votos significavam muito. Os vencedores tinham trabalhado e, apesar dos esforços, apesar da presença em público, não conseguiram mais de dois mil e poucos votos. Dona Manuela não compartilhou com a mesma efusão da vitória da filha. No meio da conversa, saiu. Foi para o quarto, deitou-se. Leniza ainda deu uns três ou quatro palpites sobre o caso e foi atrás dela:

— Está se sentindo mal, mamãe?

— Não.

Pareceu não haver lugar para mais uma palavra. Um silêncio pesado, humilhante, intolerável. (De manhã, quando Leniza acordara — era domingo, e por que no mistério dos sonhos, por três noites consecutivas, vieram as mãos de Astério estrangulá-la? — não encontrara a mãe na cama. Gritara por ela. Seu Alberto é que respondera: — Saiu, dona Leniza. — Saiu? Fora à missa, informara seu Alberto. Leniza ficara admirada. A mãe era religiosa, muito religiosa, mas quase não ia à missa. Passavam-se anos que só frequentava a igreja nos dois dias maiores da Semana Santa. Quando ela voltara, Leniza interpelara-a: — Foi à missa, mamãe? — A mesma secura dos últimos dias: — Fui — e sem mais palavras dirigira-se para a cozinha, embora nada tivesse para fazer lá na ocasião, pois desde que enfermara estavam comendo de pensão.) Um silêncio pesado, humilhante, intolerável. Dona Manuela, deitada, cerrara os olhos, fingindo dormir. Os primeiros cabelos grisalhos destacavam-se com nitidez. Leniza não aguentou. Foi para o quarto se vestir. Em cinco minutos estava pronta.

— Vou sair. A um cinema para ventilar a cabeça — Dona Manuela não disse nem uma, nem duas. — Até já.

A mãe respondeu:

— Até já.

Seu Alberto acompanhou-a até a porta:

— Dona Manuela está se sentindo mal?

— Está, mas é natural. Consequências ainda da moléstia.

— (Positivamente seu Alberto não compreendia nada, continuava a mesma criatura angélica, que não via maldades no mundo, ou, se as via, perdoava logo, procurando explicá-las da maneira mais ingênua. Positivamente seu Alberto não compreendia nada...)

Seu Alberto acompanhou-a até a esquina. Possuía a alegria de um menino, não se cansava de admirá-la, incensá-la, encorajá-la. Ele era realmente o seu grande público, a alavanca desinteressada e generosa que a ia empurrando sem que ela mesma sentisse. O concurso da Feira de Amostras tomava-lhe agora conta de todas as suas ideias: — Se a senhora tivesse feito um pouquinho de força antes, dona Leniza, a esta hora estaria com o prêmio na mão. Leniza sorria com ternura, uma tentação de lágrimas, uma tentação de enroscar-se ao pescoço de seu Alberto e ficar chorando, pequena e protegida nos braços daquele amor paternal. O sol brilhava alto. Um calor forte se fazia sentir. Seu Alberto trazia o seu sarjão azul-marinho dos domingos. Leniza deu-lhe o braço:

— Vamos a um cinema, seu Alberto?

Seu Alberto, os olhos brilhantes, olhava-a como se lhe tivesse proposto o mais absurdo dos convites.

— A um cinema, dona Leniza?

— Sim, a um cinema, seu Alberto. Para refrescar os miolos. — (Nunca fora a um cinema com seu Alberto. Nunca consentira em que a acompanhasse aos estúdios, com medo de que desconfiasse de alguma coisa. Jamais saíra com ele, achando-o desajeitado, gebo, um matuto. Mas naquela hora todas as suas prevenções, cautelas, desapareceram. Queria apagar a sua ingratidão, queria sair com ele, divertir-se junto daquela alma que a amava tanto, daquela alma que ela sabia ser a única que verdadeiramente enfeitiçara).

Seu Alberto procurou resistir:

— Mas dona Manuela vai ficar sozinha... Pode precisar...

— Não vai precisar de nada, seu Alberto. Mamãe já está boa. Só está ainda fraca, é natural. Até é bom que ela fique sozinha, sem barulhos, para dormir bastante, descansar bastante.

— Mas eu estou sem chapéu, dona Leniza...

— Não precisa chapéu, seu Alberto. Ninguém mais usa chapéu, o senhor é que ainda acredita nessas velharias. Largue o chapéu — é bonito e barato.

— Mas eu sou velho mesmo, dona Leniza — e seu Alberto ria, em êxtase.

— Velho é o seu nariz! Quem dera que todos os moços tivessem a sua mocidade!

Tomaram o primeiro bondinho. Seu Alberto, no banco estreito, encolhia as pernas, temendo encostar-se a Leniza, como se ela fosse de vidro, vidro finíssimo, que a um pequeno choque se quebrasse. Leniza gracejou:

— Assim, não, seu Alberto. O senhor está parecendo noivo de roça. Me dá o braço — e enfiou o braço no braço dele.

— Que ideia!

— Cada fósforo com sua cabeça.

— Fósforo sou eu! — e seu Alberto desmanchou-se num riso histérico. — Mesmo não pode passar pela cabeça de ninguém que eu seja seu noivo, dona Leniza. Poderia ser seu pai.

— E o senhor não é meu pai mesmo?

Ele a olhava como se realmente estivesse admirando a sua filha. E Leniza pensava em Amaro — felizmente saía pouco com ele; como era ridículo o par! Encarou o amigo, perguntou-lhe de chofre:

— O senhor acredita no que dizem de mim?

— Só quem julga é Deus.

Chegaram à Cinelândia, que fervilhava. Desceram. Mário Alves passou por eles, não a viu. Ia com um terno espalhafatoso, rebocando uma lourinha, naturalmente sua recente conquista. E dizer-se que fora ele... E dizer-se que... Recebeu um cumprimento de alguém que ela não conseguiu se lembrar quem era. E na porta do Metro a bicha era enorme, estendia-se por quase um quarteirão. Custaram a entrar. Foi ela quem comprou as entradas: tivesse a petulância de meter a mão no bolso, tocava com ele de volta para casa! Seu Alberto nunca entrara num grande cinema. Ficou emocionado, não se conteve:

— Que luxo, dona Leniza, que frescura!

— É refrigerado.

— Fantástico!

Durante uma semana, seu Alberto não teve outro assunto.

ENCONTROU COM DULCE numa sorveteria. Estava ela acompanhada de Nelita Dias, criaturazinha petulante, conhecida, pela extraordinária magreza, por Nelita *Agulha Bacalhau Palito*, e que era novidade radiofônica improvisada na Rádio Central, emissora que se batizara ela própria de "microfone dos astros". Dulce fingiu não vê-la, fugia ágil e disfarçadamente com o olhar. Era de sobra escolada para se meter em alhadas desiguais. Leniza amedrontara-a, surpreendera-a. Mesmo sentia-se feliz — a vida continuara rodando, aparecera Nelita... Ria, abaixava a cabeça, falava ao ouvido da companheira, que se desmanchava em risinhos miúdos, que faziam mostrar os seus dentinhos de rato. Leniza tomava o seu sorvete sozinha. No burburinho elegante não perdia o riso de Dulce tal como um amador interessado, que no fogo duma orquestra distingue perfeitamente a voz do seu instrumento predileto. Chegava aos seus ouvidos com uma nitidez espantosa. Riso fácil, vibrante, zombador, que ela já tanto admirara, que lhe fizera tanta impressão, que lhe deixara uma marca que ainda não a largara, como certas paisagens que a gente vê e da qual os anos não conseguem nos libertar totalmente. Dulce... Estaria dizendo a Nelita as mesmas bolas que já dissera a ela, dando os mesmos conselhos que já lhe dera, fazendo-lhe as mesmas objeções, prometendo-lhe as mesmíssimas vertigens, armando os mesmos planos para o futuro — tal um disco que repete sempre a mesma canção. Mas Leniza sentiu-se amolecer, atingida ininterruptamente por aquela voz, aquele riso fácil, sonoro, aquele riso sarcástico que, cantando-lhe no ouvido, era como que uma mão misteriosa que fosse, a pouco e pouco, tirando da sua alma o véu com que procurara cobri-la e escondê-la. Viu-se nua de repente — sentiu o calor das mãos de Dulce no seu corpo, a morbidez dos seus beijos devastadores, a paixão das suas carícias... Amedrontou-se! Não continuou o sorvete, inibida. Chamou o garçom, pagou, rápida, a despesa, saiu pelo lado oposto ao em que estava Dulce, na desoladora, nervosa certeza de que ela era-lhe superior, e que bastaria um aceno dela para que se atirasse nos seus braços como um vício empolgante.

*

Patito Flores, quando ficava quebrado, tornava-se um gênio. Seu samba, "Acordei e não te vi", cuja letra era digna de um legítimo poeta, fez um sucesso monstro na Continental e acabou gravado por Leniza, constituindo um pequeno recorde de venda. Começaram a chegar ao estúdio cartas para Leniza, das mais remotas localidades do país, pedindo-lhe autógrafos e fotografias, muitas das quais em estilo de declaração de amor, o que foi sumamente grato à vaidade de Leniza. Por causa delas, Leniza teve a primeira desinteligência na Continental! As fotografias não custavam barato e ela achava que quem tinha obrigação de as fornecer era a estação, pois o que ela ganhava não dava para tanto. O diretor disse que não. Que o negócio era com ela. Que não havia contrato e eles não podiam empatar dinheiro com uma artista que, de uma hora para outra, poderia deixá-los e ir para outra emissora. — Por que então vocês não fazem contrato comigo?, interpelara. Responderam que já tinham pensado, mas que aguardavam oportunidade melhor, dentro de um ou dois meses no máximo, quando a estação, sob nova orientação, iria passar por uma reforma radical nos seus programas. Leniza protestou, veemente: não era razão. Hoje ou daqui a dois meses dava no mesmo. Podiam muito bem fazer o contrato e aumentar-lhe os vencimentos, que eram ridículos em relação aos que outros lá recebiam e que não tinham alcançado até agora nem uma décima parte do seu sucesso. Retorquiram que era exatamente por essa razão que não queriam fazer novos contratos e que iriam limitá-los muito — artistas que apareciam com muito brilho, muito entusiasmo, e com as quais a estação fazia longos e relativamente caros contratos, caíam rapidamente, sem recurso de salvação, prejudicando desse modo a receita de anúncios e o prestígio da emissora. Era um problema que não sabiam bem a que atribuir... Mas estavam agora mais cautelosos... Leniza não quis insistir muito. Esperaria os dois meses. Caso não resolvessem, passaria para outra estação, pois já tinha conversado a tal respeito com Martinho, de quem agora estava muito amiga, e que, apesar dos pesares, tinha realmente uma certa força junto aos diretores artísticos das emissoras, não só cariocas, mas até paulistas. Tanto assim que prometera um pequeno contrato de um mês, muito vantajoso, na Rádio Paulistana, à hora que ela quisesse. Leniza se esforçava por todos os meios e modos para conseguir uma situação fixa e folgada. Amaro, que chegara a tolerar, aceitar mesmo, agora já lhe cansava como um fardo indesejável. Já sentia por ele a mesma revolta surda que a fizera explodir com Dulce. Favorecera rusgas, desentendimentos, na exaltação dos quais falara em "socos no nariz, sapatadas na cara", mas ele se humilhara todas as vezes, citando Napoleão

— "No amor, uma retirada a tempo é a maior das vitórias" — mas intimamente certo de que quem tem mais de cinquenta anos não pode se impor muito a uma moça de vinte. A lembrança de Porto, que estava atuando com brilho em São Paulo, vinha-lhe frequentemente. Errara.

Errara mais uma vez, quando poderia ter acertado, isto é, ter continuado com ele, que a teria levado, vantajosamente, aonde ela queria chegar.

Ao fim de uma semana de inútil espera, Leniza ficou alarmadíssima. Era a desgraça! Era a fragorosa ruína de todos os seus esforços, a desmoralização mais completa, a certeza de que sua mãe não a perdoaria. Seria a positivação de todas as suas faltas, seria a verdade entrando afinal, nua e crua, pelos olhos de dona Manuela. Foi tomada de um medo atroz. As mais confusas deliberações acudiram-lhe ao pensamento acovardado. Mas no caos tremendo veio surgindo a figura de Oliveira, como um anjo de salvação — "Você nem sabe como eu te amo", "Você não pode imaginar como eu teria ficado contente em poder te servir". Chegara a ocasião. Oliveira salvá-la-ia. Saberia ao menos desta vez compreendê-la. Ele ainda a amava. Tinha a certeza. Amava-a tanto quanto ela amava a ele, na vida e na morte, apesar de tudo...[6]

Às quatro horas, estava Leniza esperando-o no consultório. Oliveira chegou atrasado:

— Você por aqui!... Ora viva!

---

6. Dando o que pôde, o autor lamenta profundamente a debilidade das suas forças para um trecho tão forte como este e como a maioria dos que se seguem. Em compensação absteve-se de lançar mão de recursos mistificantes para uso de leitores ingênuos.

— Uma desgraça, Oliveira.

— Ué! Você veio aqui para me contar as suas desgraças?

— Não comece, não. Você sabe de situação mais infeliz do que a gente precisar de alguém como você?

Oliveira fê-la entrar:

— Como eu? Como?

— Você sabe — e Leniza foi se sentar na velha cadeira dos clientes.

— Se você diz que eu sei... — e Oliveira tirou o paletó, guardou-o no pequeno armário, vestiu o avental, lavou as mãos, foi se sentar afinal na sua escrivaninha: — Então qual é a desgraça?

Leniza sentiu que se não dissesse tudo numa palavra, jamais chegaria ao fim:

— Grávida!

— Upa! — Oliveira pulou na cadeira. — Impossível! — soltou involuntariamente; e achava tão extraordinariamente absurdo e estúpido que ela pudesse ter um filho que não fosse dele, que esperou que Leniza adiantasse mais alguma coisa.

Ela disse:

— Venho para você me salvar.

— Quê?!

— Venho para você me salvar.

— Mas salvar como? — (Só então começava a admitir o fato como verdade, e sentia dentro do coração uma alegria de vingança, como se presenciasse o há muito desejado castigo de uma traição.)

— Como você disse que me salvaria quando eu precisasse, que ficaria contente em poder me servir...

(Não! Nunca tinha dito aquilo. Via-se envolvido na conhecida rede...) — Sim, sim... Mas que é que você quer que eu faça? (Prolongava a íntima alegria como um gato prolongava a vida de sua vítima. Seria Amaro o pai? Aquele corno velho?...) — Não sei. Diga.

Leniza fechou os olhos, fechou-os para não ver qual seria a expressão de Oliveira, e disse:

— O aborto.

Houve um silêncio, um violento e longo silêncio (Oliveira: seria mesmo do Amaro? Teria ainda forças para tanto o sem-vergonha do velho? Duvidava — não! Era de outro. Era de todos. Não iria na rede! Meretriz vulgar, à toa — quando precisava, aparecia. Só a ele... Aborto... Aborto... Estava sonhando!...) (Leniza: ele não topa. Não me perdoa... Enganei-me redondamente. Não faço senão dar golpes errados na vida...) As moscas zumbiam. O cheiro de remédio enjoava. A cadeira de Oliveira rangeu. Recostava-se para trás com a faca de cortar papéis metida na boca. Tirou-a, começou a batê-la na palma da outra mão, pancadas fofas, iguais, enervantes. Afinal, Leniza não suportou mais:

— Então, Oliveira? (sabia que era inútil.)

— Nada feito (com essa ela não contava!)

Leniza explodiu num soluçar convulso, desesperada, caiu ajoelhada aos pés dele. "Oliveira! Oliveira! Não queiras que eu morra! Não queiras! Me salve! Estou sozinha! Eu amo a vida! Eu preciso viver! Me salve!" Oliveira fraquejou. O coração comprimido, sem recursos. Tomou-lhe a cabeça, tão encantadoramente penteada, encostou-a contra o peito e começou a alisá-la com um jeito de pai que perdoa a falta da filha. Os soluços decresceram. As lágrimas diminuíram. Leniza olhou-o, e nos olhos vermelhos, ainda cegos de lágrimas, havia a pergunta: por quê?

Era sincero:

— Porque é um crime, Leniza — (Nabuco diria com sutileza: misticismo...) — Porque eu nunca seria capaz de cometê-lo — (Palhares, que não tinha papas na língua: cretinice sórdida, atraso sórdido.) — Porque eu não vejo razão para cometê-lo. Não vejo nenhuma vergonha em você ter um filho.

— Mas eu vejo. É inconcebível!

— Não tem nada de inconcebível. É até muito natural. Você se engana.

— Não, não me engano. É a derrota, Oliveira, a vergonha! Você tem que me salvar — (as lágrimas voltavam). — Você não pode deixar de me salvar — reuniu todas as suas forças: — Você me ama, Oliveira. Na vida e na morte!

A frase ficou no ar um segundo e tombou no coração de Oliveira qual pedra imensa e esmagadora. Dobrou a cabeça. Olhava o chão como um criminoso no banco dos réus. Leniza sentia que tinha ganho a partida. Novamente se ajoelhou aos pés dele: "Oliveira, eu choro de alegria! É impossível, é impossível. Você sabe, você compreende, não preciso dizer mais nada." Pegava-lhe na mão, mão delicada, quase feminina, puxava-a, encostava-a contra os seios. Oliveira foi reanimando: "Sim, Leniza. É um absurdo. Será a sua derrota, será a sua perdição. Eu não faço (Leniza tremeu), positivamente não faço. É contra os meus princípios. Mas tenho colegas... Há gente para tudo, querida... Verei. Se estiver nas minhas forças, você estará salva."

A NOITE FOI FATAL para Leniza. No silêncio do quarto solteiro, Oliveira procurou pensar melhor. Tinha vergonha de pedir aquilo a um colega. Nabuco, Sotero, Palhares, Jorge, o Mendoncinha, qualquer deles não se recusaria. Mas haveriam de obrigá-lo a confissões. "É teu o pimpolho?" Que haveria de dizer? Seria estranho que ele se interessasse pelo feto dos outros. Mais que estranho, seria vergonhoso. E Leniza era pessoa conhecida agora. Sua publicidade estava sendo feita regularmente... Não. Não pediria nada. Mesmo, pedir por quê?! Que tinha a ver com a história? De que maneira Leniza tratara-o sempre? Como um moleque, um verdadeiro moleque! Nunca lhe dera importância. Nunca! Só quando precisava... Mas a verdade é que a amava. Sempre humilhado, sempre desprezado, sempre ludibriado, vencido... Mas por que ceder?! A agonia era densa no quarto estreito. Andava, sentava-se, levantava-se, andava... Devia ter rompido definitivamente com Leniza. Rompido! Que merecia ela senão o desprezo? Que se arrumasse! Cigarro sobre cigarro, a noite avança. A madrugada chega. Que se arrumasse! Ingrata! Mas... Sentia-se débil, desejoso de servi-la, conquistá-la, talvez... Raio de esperança que logo se apaga — conhecia bem Leniza... Um calor estranho abrasa-lhe o peito. Sufoca. Foge para a rua. Caminha nas ruas desertas, desorientado, como um perseguido. A imagem de Leniza não lhe sai dos olhos, a voz de Leniza não lhe sai dos ouvidos, os braços de Leniza parece que se enroscam no seu corpo. Fugir! Fugir! — a única solução. Mas era covardia. Covardia demais. Tinham-se apagado as luzes. A manhã não tardaria. Os pés doíam como se tivesse caminhado descalço toda a noite sobre pedras e urzes. Retornou ao apartamento, atirou-se vestido sobre a cama rangente, afundou como um afogado que não resiste mais, que é levado para o seio das águas. Mas foi um sono nervoso, entrecortado de pesadelos em que havia sangue, feridas, mortes. Acordou era tarde, dia alto, com o telefone tocando. Deixou-o tocar. Levantou-se afinal, olhou-se no espelho, viu-se idêntico a um fantasma. A cabeça era de chumbo. A sombra de Leniza surgia implacável na sua frente. Não! Não! — estava decidido. Não pediria nada. Não seria cúmplice de um assassinato. Nunca! E às quatro horas estava no consultório, como sempre. Quando chegou, Leniza já estava. Não sabia de que jeito começar, pensou fraquejar. Leniza instalara-se na cadeira dos clientes e, cruzando as pernas, perguntou com um quê de autoritarismo, um ar "de-que-custou-mas--afinal-tudo-ficou-arranjado":

— Então, falou com o tal colega?

Oliveira olhou-a — (e completou a frase: ... que não tem medo, que não tem preconceito...), parecia outra. — A Leniza da véspera era como se fosse outra pessoa, não esta. Sentiu-se outro também — embusteira, farsista... Ludibriara-o mais uma vez. Não! Não seria assim. Tomou coragem:

— Olha, sabe duma coisa, Leniza? Eu não arranjo ninguém para fazer aquilo, não. (Leniza, com ambas as mãos, segurou violentamente os braços da cadeira, avançou o pescoço para a frente, os olhos fuzilavam — semelhante a um felino que armasse o pulo contra a presa.) Mas ele não se intimidou: — Pensei melhor! — fechou os olhos: — Não faço — e sacudia a cabeça negativamente, com tal vivacidade como se ainda acreditasse que pudesse voltar atrás. — Faça o que entender. Não posso, não posso — teve uma voz cruel, vingativa: — Está acima do meu amor — e ultrajante: — Peça a quem fez.

Leniza deixou cair os braços, flácida, desnorteada. Não compreendia a mudança, mas viu que nada arranjaria. Pela primeira vez ele a vencera. "Está acima do meu amor." Não teve coragem de insistir, de apelar para as lágrimas, de lançar mão do seu amor. "Está acima do meu amor." Saiu sem uma palavra. Quando chegou na rua teve vontade de correr, sumir, morrer.

A NOITE ERA QUENTE. As remotas estrelas entravam pelo quadro da janela como pingos de luz. Dona Manuela roncava. Leniza, abraçada ao travesseiro, comprimia soluços. Confessara tudo a Amaro: — Estou grávida! — ele ficara branco que nem papel: — Que calamidade! — sua covardia transparecia nos olhos, nos gestos imbecis, na palavra titubeante. Que fazer? Ele não sabia. Um filho é que não era possível. Absurdo, completamente descabido! Mas que fazer? E ele não sabia. — Mas você tem que fazer alguma coisa, Amaro. Você tem que arranjar alguém que faça o aborto, não quero ter o filho — Amaro pareceu acalmar-se, criar coragem: — Sim, um aborto... — no princípio era fácil. Pensava que a animava, que a encorajava: — Não há perigo, é uma coisa à toa... — Mas quem é que faz? Amaro não sabia, mas não quis dar a entender que não sabia: — Ora, há uma porção de parteiras aí que fazem, é questão de procurar. Sem procurar é que não há solução, nenhuma delas vai adivinhar que você está precisando, ora essa.

Na palavra parteira, Leniza lembrou-se de Judite, que, incorrigível, estava atualmente amancebada com um sujeito no Encantado. Era incrível como se tinha esquecido dela. — Eu sei de uma! Madame Consuelo, a

Judite sabe. — Amaro precipitou-se: — Pois está vendo? É fácil! Procure-a, procure-a, não tenha medo, é uma coisa à toa. Eu pago tudo, seja lá o que for — e esfregava as mãos: — filho é que não. Nada de encrencas — e Leniza fora atrás de Judite, no Encantado. A casa estava fechada. Era numa rua sem calçada, com grandes sulcos feitos pelas enxurradas, íngreme, penosa. Foi uma vizinha que atendeu: dona Judite saíra, fora à cidade, só voltaria muito tarde; ela, porém, estava às ordens para o que quisesse. Leniza deixou-lhe o recado: que passaria no outro dia sem falta; esperasse-a; viria logo cedo, pela manhã, acordá-la na cama, era um caso de vida ou de morte. A vizinha achou graça nessa história de vida ou de morte, mas daria o recado, muito prestimosa, muito conversada. As lágrimas molhavam o travesseiro. Que suplício! Mais uma noite!... Só no outro dia encontraria Judite. Parecia-lhe que o atraso de uma hora poderia acarretar-lhe a morte. Sentia que cada hora que passasse, mais perigosamente, mais desastradamente, as raízes humanas cresceriam nas suas entranhas. Os primeiros galos cantavam. Soprou um vento sereno, fresco, de dia novo. Seu Alberto roncava, um ronco fino como o ronco das crianças adormecidas. Era mesmo uma criança!... E Dona Manuela deu um suspiro, virou-se na cama, num estremecimento, como se a morte tivesse passado por ela.

*

AINDA NÃO ERAM NOVE HORAS, e Leniza já estava na casa de Judite. A amiga achou divertida, quase humorística, a razão da sua presença — que espiga, hem! Riu: — Você também está fazendo o negócio muito trágico; não é tão trágico assim — ia levá-la à madame Consuelo. Era uma mãe, uma verdadeira mãe! Em dois tempos estaria tudo liquidado. Dois, você sabe, eu já pus para fora... E convidou-a para tomar café, estava se levantando da cama naquele momento. Uma preguiçosa, não costurava mais, o homem dava-lhe tudo, outra mãe! Leniza sentiu-se arrastada pelo otimismo da amiga. Quem a viu, quem a visse! Estava transformada — risonha, gorda, respirando felicidade, os dedos sem marca de espetadelas de agulha, as unhas tratadas e pintadas. Perguntou no mesmo tom:

— Português?

— Não. *Vrasileiro.*

Caíram às gargalhadas.

— Ele então te dá tudo que você quer?

— E mais alguma coisa...

— Mas que ideia podre foi esta de vir morar aqui neste cafundó, nesta buraqueira?

— Ele tem uma fábrica aqui perto, e você sabe...

— Ah!

— Filomena, ó Filomena! O meu café — e para Leniza: — Está vendo? Já gasto criada.

— Mas essa múmia não estava aqui ontem. Quem me atendeu foi a vizinha do lado.

— Não. Estava de folga — fez uma cara muito engraçada: — Também tem o seu *vrasileiro*. A turma aqui é francamente do amor — *amare humanum est!* Latim!...

— Você está muito sabida.

— Já fui boba muito tempo. Agora estou virada do avesso. A vida foi feita para viver, os homens para pagar, as mulheres para amar! E eu amo! — fez uma cara ainda mais engraçada: — Ferozmente! — e virando-se novamente para dentro: — Filomena, você está surda? O meu café!

A voz lá dentro:

— Já lá vai, sim, senhora!...

E a crioula entrou com o café. Sentaram-se. E Judite queria saber como se dera "a derrapada". Leniza começou a contar: fora um rapaz que gostava muito dela; ela também gostava muito dele; era muito simpático, muito educado, muito bem colocado no Banco do Brasil etc. etc.

A CASA DA PARTEIRA FICAVA em São Cristóvão, lá para os lados do Caju. Recebeu-as de chinelos e penhoar de ramagens. Ficou combinado que por trezentos mil-réis, pagos adiantados, madame Consuelo faria o trabalho. Só pedia sigilo, absoluto sigilo, o que aliás era para o bem de ambas. Era uma senhora gorda, mal-encarada, rosto marcado de bexiga, uma enorme verruga no queixo. As unhas eram tão rentes que nem parecia ter unhas. No outro dia — falava com uma voz tão pastosa que incomodava! — às dez da manhã, viesse sem falta e não tivesse medo. Levou-as até a porta. Estava segura de que Leniza não teria medo. Era quase um brinquedo, sem nenhuma importância, mais fácil do que beber um copo d'água. Mas pedia sigilo. Estendeu as mãos sem unhas: — Até amanhã, às dez — e ainda pôs o dedo na boca pedindo mais uma vez sigilo. Acostumada à habitual limpeza dos consultórios médicos, a casa imunda da parteira e a imundície dela própria (o pescoço sujo, o cabelo sujo, Leniza notou) causaram-lhe péssima impressão:

— Sabe duma? Não tenho a menor confiança nessa mulher. Como é suja!

— Não tens razão, não. Ela faz o seu trabalho tão bem quanto qualquer médico. Vais ver — respondeu-lhe Judite, encostando-se mais contra a parede das casas para se abrigar do sol inclemente.

— Queira Deus que assim seja, mas, francamente, tenho medo.

— Marinheiro de primeira viagem.

— E que seja a última.

— Qual!... — e Judite esboçou um sorriso bastante irônico: — Não acredito. Isso é como sarna, quando se começa a coçar não se para mais.

*

28 DE... — HAVIA DOIS DIAS que madame Consuelo, usando da sua perícia, fizera-lhe o trabalho. Estava no estúdio, ensaiando, quando sentiu uma pequena cólica. Ela tinha avisado: Vai sentir umas cólicas. Não tenha medo, não se aflija... Ela, porém, ficou fria, temerosa — bonito! E agora?! Mas continuou a ensaiar. Veio outra cólica. Mais outra. Talvez fosse medo, nervoso, mas o certo é que se sentiu tremendamente mal. — Que é que você tem? — perguntara Cassiano, que a acompanhava no piano. — Não estou me sentindo bem — e mal acabava de dizer, deu-lhe uma nova cólica, mais forte, mais dolorosa. — Aqui é que eu não fico — decidiu e, desculpando-se, não acabou o ensaio, meteu-se num táxi. Chegou em casa com as pernas tremendo, não teve forças para tirar a roupa, caiu na cama. Tinha a impressão dum fogo dentro da barriga. Dona Manuela achou estranho, chegou-se, perguntou carregando o sobrecenho:

— Que é que você tem? (há um mês, mais ou menos, que não chamava mais Leniza de "minha filha".)

— Estou me sentindo mal.

— Mas que é que você tem?

— Não sei. Estou me sentindo mal — e desmaiou.

Dr. Vasconcelos veio imediatamente e viu logo do que se tratava. Pensou que a mãe sabia:

— É no que dá esta história de aborto — fez a cara séria, como se a condenasse: — Falta de juízo.

Dona Manuela ouvia a voz do médico como se ele estivesse muito longe. Aborto... Falta de juízo... Sim, ela sabia de tudo. Mas nunca pensara que pudesse acontecer aquilo. Um aborto... Caminhou, autômata, para a beira da cama. Leniza estava branca como uma morta, branca como uma donzela morta. Começava a perder sangue. Dr. Vasconcelos escreveu, rápido, uma receita, entregou ao porteiro, pediu urgência. Devia era chamar a Assistência e deixar o caso com eles. Nada de rabos de foguete na sua mão. Já tivera uma encrenca igual àquela, não desejava cair noutra. Mas sentiu um pouco de piedade por aquela pobre pequena, que não lhe parecia má. Loucuras!... E tomava o pulso de Leniza. Não estava ruim. Pediu a dona Manuela que o ajudasse a despi-la. Dona Manuela é um autômato. Nem uma palavra. Parece muda. Chegava o porteiro com os remédios: hemostáticos, soros, tônicos cardíacos, antis-sépticos... Foi aplicada logo uma injeção de óleo canforado e um hemostático, pois a hemorragia acentuava-se. Leniza voltara a si, e contorcia-se de dores, gemia muito. Dr. Vas-concelos sentou-se aos pés da cama, com simplicidade, e ficou esperando o efeito dos medicamentos. Dona Manuela postou-se de pé à cabeceira da cama, com os olhos fixos em Leniza, uns olhos de uma dor tão muda e forte, que Leniza não suportou e fechou os seus para o resto da noite. Às seis horas, quando seu Alberto chegou, Leniza experimenta-va melhoras. A hemorragia diminuíra, o coração estava normal, só as dores continuavam intensas e sucessivas, cada vez mais próximas umas das outras. Dr. Vasconcelos disse: — É assim mesmo — e retirou-se, prometendo voltar mais tarde. Seu Alberto estava com o coração nas mãos, tremia como num acesso de sezão. Conduziu o médico até a porta, perguntou com voz fúnebre: — Mas é muito grave mesmo, doutor? (não percebera o que é que Leniza tinha.) O médico respondeu sorrindo: — Sim, é grave. Bem grave. Mas não acredito que dê para matar... — e abalou-se. Seu Alberto voltou rapidamente para o quarto da enferma. O sol morrera. Os minutos se passavam. Vozes de rádio incomodam como moscas importunas. As luzes da cidade se acenderam — clarão branco e leitoso. Um vento morno soprava, balançava os cortinados. Dona Manuela continuava em pé, à cabeceira da doente, que gemia baixinho agora, um gemido fino de cachorrinho novo. Seu Alberto saiu na ponta dos pés, ficou vagando da sala para a cozinha, da cozinha para a sala, como uma sombra triste, perdida.

29 DE... — POUCO PASSAVA das quatro horas, quando dr. Vasconcelos foi chamado à toda pressa. Veio preparado, pois já contava com aquela — processara-se o aborto. Depois de tudo em ordem, ao retirar-se, disse: — Agora só resta aguardar os acontecimentos. Até aqui, felizmente, tudo foi muito bem.

Dona Manuela não respondeu. Fechou a porta, veio devagar, sentou-se no divã da sala, cujas almofadas impregnavam-se fortemente daquela terrível brilhantina de seu Alberto, perfume doce e enjoado, a que agora ela já se acostumara, mas que, no princípio, lhe dera não sabia quantas dores de cabeça. Seu Alberto tinha ido à farmácia aviar uma receita. O barulho urbano chegava amortecido àquele quinto andar. As janelas da sala estavam cerradas por causa do sol que castigava muito durante o dia. Leniza dormia, exausta. Agora só resta aguardar os acontecimentos... Sim, aguardar os acontecimentos. Que seria de Leniza? Por que caminhos andava, tão longe dos caminhos em que devia andar, que ela, mãe crédula e ignorante, procurara traçar? Até aqui, felizmente, tudo foi muito bem... Um sorriso triste riscou-lhe a face envelhecida — muito bem... A filha perdida, a filha que ela tanto amava, tesouro do seu coração, esperança da sua vida, consolo e orgulho da sua velhice. Tudo muito bem... Via-a pequena, de trancinhas, brincando de cavalinho — upa! upa! — nos joelhos do marido. Lembrava-se da sua primeira boneca, da sua primeira gracinha, do primeiro dia de escola, das perguntas engraçadas que fazia... Lembrava-se do dia do seu nascimento, dores, dores, Martin tão ansioso, dona Carmela, a parteira, acalmando. Às dez horas da noite ela nasceu, tão grande, tão fortezinha, tão rosada, chorando alto como uma bezerrinha! Tudo muito bem... E apurou o ouvido. Cuidou ouvir um gemido. Se foi gemido, não se repetiu. Talvez fosse ela que sofresse, ela que chamasse, ela que precisasse... Minha filha!... Mas um peso pareceu encher-lhe o corpo, pregá-la perversamente às molas do divã. Não se mexeu. Ficou esperando um outro apelo. Talvez ela sofresse, talvez ela chamasse, precisasse dela... Ah! os filhos nunca deveriam crescer! Deveriam ser sempre... Psss... — apurou mais o ouvido. Nada! Nenhum gemido, nenhum chamado... Leniza dormia. O sol declinara. Dona Manuela começou a chorar.

30 DE... — DR. VASCONCELOS passou logo cedo para vê-la — quem mora perto do médico tem dessas vantagens... — Está bem — declarou — e que não caia noutra. Mas, pelo meio do dia, ela foi acometida de fortes calafrios. E, imediatamente, a febre apareceu e em pouco subia a quarenta, passava de quarenta. Compareceu novamente o dr. Vasconcelos e franziu a cara: pipocas!, com essa não contava o filho mais velho de meu pai. O estado geral era péssimo, o pulso muito alto. Pediu gelo para colocar no ventre e aplicou-lhe uma vacina. As compressas eram mudadas de meia em meia hora. A febre não baixava. Sobreveio o delírio. Sacudia-se, gritava, lamentava-se, misturava pedaços de orações a frases chulas, a reles obscenidades. Via-se num mundo fantástico, com uma flora fantástica, cercada de monstros; afugentava-os gritando por nomes de homens e de santos. Oliveira era o demônio! Perseguia-a para matá-la. Astério espetava-lhe facas na barriga. Mário dava-lhe coices na cabeça. Madame

Consuelo furava-a com os seus ferrinhos, na casa imunda, onde cobras se arrastavam, onde berravam mulheres que sofriam. Depois, com a regularidade monótona de uma máquina, entrou a contar, baixo, como se estivesse rezando, uma história complicada e sem fim na qual seu nome surgia mil vezes. Só pela entrada da madrugada pareceu sossegar, numa prostração arroxeada que semelhava a da morte. Seu Alberto tinha os olhos encovados e vermelhos, balbuciava rezas, pedia o auxílio divino. Dona Manuela era a vigilante incansável. Dava-se, dava-se sem poupar, mas como certas chamas químicas que queimam quase sem calor. Não deixava passar um minuto da hora de dar os remédios. Viera uma pedra de gelo de dez quilos, e de meia em meia hora, rigorosamente, ela, de cócoras, picava, picava dentro da banheira e substituía a compressa sobre o ventre branco e anestesiado. Quando o dia raiou, Leniza pediu água, para cair logo na mesma prostração.

31 DE... — O QUADRO NÃO MUDOU. — Mas ela não melhora? — perguntara seu Alberto pensando em chamar outro médico, duvidando que o dr. Vasconcelos estivesse acertando. Dr. Vasconcelos respondera, sempre jovial:
— É assim mesmo, meu caro. Está dentro do programa. Durante dois ou três dias é essa beleza que o senhor está vendo — aplicou-lhe injeções — soros, tônicos — mandou continuar com as compressas e se foi pedindo que tivessem

calma e dessem graças a Deus, pois poderia ter sido mais grave. Só se notassem qualquer sintoma mais estranho, chamassem-no então. De qualquer maneira, à noitinha, ele passaria ainda para vê-la, e quanto ao delírio, não se impressionassem, era da febre, que iria continuar alta. Seu Alberto, que se tinha dispensado na Companhia, desde o primeiro dia, ficou de plantão, enquanto dona Manuela foi descansar um pouco. Bateram na porta, dona Manuela nem acordou, tão profundo era o seu cansaço. Seu Alberto foi na ponta dos pés, abriu a porta, atendeu do lado de fora, muito cuidadoso. Era um mensageiro que trazia uma carta para Leniza. — Ela está doente, muito doente — informou. — Mas o senhor não pode passar o recibo? — perguntou o rapaz. Seu Alberto estava era um pouquinho tonto: podia sim, como não.

Que cabeça!... e passou o recibo. Fechou a porta devagarinho, andou sempre nas pontas dos pés. A carta era gorda. Dona Manuela dormia, roncava. Daria a carta a ela, já que dona Leniza não podia abri-la? Sim, naturalmente. Mas esperaria que acordasse. Não havia de ser coisa que fizesse mal esperar mais um pouco. A carta era gorda... Sentiu um pouco de curiosidade, dobrou-a, tornou a dobrá-la, cheirou-a, releu o sobrescrito, numa letra garranchosa e masculina: SENHORITA LENIZA MÁIER, RUA DO RIACHUELO etc... Teve vontade de abri-la. Colocou-a afinal sobre o aparador, foi para o quarto ficar de guarda — diabo!, estou ficando velho e curioso. Quando dona Manuela despertou (seu pensamento rodava curto em volta da mesma ideia tal um burro à roda da moenda — sim, fugiria do mundo, se esconderia do mundo, livre do mundo esperaria a morte como um benefício de Deus), quando dona Manuela despertou, seu Alberto participou-lhe a entrega da carta. Dona Manuela pegou-a, olhou-a e disse apenas: — Está bem. — Mas a senhora não vai abrir? — perguntou, surpreso, seu Alberto. — Não. Não é para mim. É para ela (há quatro ou cinco dias que não pronunciava o nome de Leniza, era "ela", "ela", "ela"...). Depois ela abrirá. — Mas pode ser alguma coisa urgente, dona Manuela — observou ele. Dona Manuela parecia que se desabava na resposta: — Não tenho mais nada com os seus negócios — e foi guardar a carta na mesinha de cabeceira de Leniza. À noite, pouco antes do dr. Vasconcelos chegar, a febre alteou mais um pouco e Leniza foi presa novamente de delírio. Chorava como uma criança, cantarolava. Frases sem nexo, pedaços de canções, súplicas, queixas, recriminações. Ouvia apitos de navios, queria embarcar, dizia palavras de adeus. Ora era o pai que a beijava, ora era Oliveira ou Amaro.

Chamou muito tempo por Porto, acusando-o de ingratidão. Reproduzia diálogos disparatados ou não, monologava longamente, narrava fatos escabrosos da sua vida com uma minúcia, uma nitidez fotográfica. Dr. Vasconcelos ouvia aquilo tudo com um pouco de curiosidade que estava longe de ser científica. Dona Manuela, imóvel, recebia cada palavra como uma pedra no coração — se pudesse tapar-lhe a boca! aquela boca... Seu Alberto refugiou-se na sala. Não queria ouvir. Nada, nada! Era desvario, alucinação, palavras loucas. Leniza para ele continuava pura como um recém--nascido. De madrugada choveu forte. Foi preciso fechar as janelas e acender-se a luz da sala de jantar, para que pudesse iluminar um pouco o quarto de Leniza.

1º DE... — LENIZA MELHOROU um pouco. A febre baixou a trinta e nove. Não mais delirou. Começou a se alimentar mais, leite quebrado com água, água mineral, algumas colherinhas de café, um cachinho de uvas. Tomou óleo canforado por precaução, porque o pulso mantinha-se firme, felizmente. Chovia impiedosamente. As janelas foram obrigadas a ficar fechadas, pois a chuva era de vento e as bátegas fustigavam as paredes do edifício como um chicote incansável. Uma morrinha encheu o quarto, uma morrinha de febre, de suor, de infecção. Dona Manuela defumou-o com alfazema, o que lhe trouxe pungentes recordações da rua da América, quando Leniza era peque-nina, quando tivera sarampo, quando tivera cataporas e o marido ficara tão aflito, tão aflito!... Está mais velha dez anos — por que não morrera ao nascer?!, que mal fizera a Deus para sofrer assim?! Seu Alberto teve uma ligeira tonteira e reza sempre.

*

2 DE... — PERMANECEU NA MESMA, mas felizmente abriram-se as janelas, o quarto ventilou-se. O dia era bonançoso, magnífico, de um esplendor extraordinário, de um azul que cegava. De tarde a febre subiu um pouquinho, mas de noite já tinha descido. Foi a primeira noite que ela dormiu tranquila, umas sete horas a fio. Dona Manuela e seu Alberto descansaram.

3 DE... — FOI COM ESCULÁPIA alegria que dr. Vasconcelos disse:

— O navio vai em boas águas. Arriba mesmo! Dona Manuela limitou-se a sacudir a cabeça, a alma amarga como o sarro de um mau cigarro. Mas seu Alberto recebeu a notícia com uma alegria de pai. Leniza teve ordem de engolir "o que fosse possível" — precisava comer, saco vazio não fica em pé. Mas não sentia vontade nenhuma. Tolerou um copo de leite. De tarde, metade de uma pera. À noite, outro copo de leite, muito empurrado. Seu Alberto entrara com as frutas em casa como um namorado que pela primeira vez oferecesse flores à sua amada. Colocou-as no gelo, à toda hora fiscalizava a sua frescura como se elas fossem outras doentes queridas, que necessitassem dos seus cuidados. De noite, bateram à porta, e foi dona Manuela que atendeu. Era Oliveira que, muito cerimonioso, queria saber notícias de Leniza — soubera que estava doente, estava com cuidados, tomara a liberdade... (era a primeira vez que via dona Manuela, que em nada, salvo o timbre da voz, lhe denunciava o que poderia ser a filha aos quarenta e tantos anos.) Dona Manuela respondia com uma secura que proibiu Oliveira de entrar. Felizmente vai melhor; está em boas mãos; não podia receber; daria o seu recado; passe muito bem — foram as respostas de dona Manuela. Oliveira saiu corrido e infeliz. Dona Manuela fechou a porta com brutalidade. Talvez não fosse, talvez fosse outro, mas via nele o homem que perdera sua filha.

4 DE... — SORRIU PARA O ENCANTO perfumado da pequena rosa que seu Alberto lhe trouxe, quando veio almoçar. Era o primeiro dia que ele fora trabalhar, depois que ela caíra de cama, mas fez questão de vir almoçar em casa para vê-la. Foi a primeira vez que ela demonstrou ter voltado à vida: — Muito obrigada, seu Alberto, o senhor é um anjo. Dona Manuela não estava presente. Agora, que Leniza melhorava, que a febre diminuíra, que sentia um pouco de apetite, que parecia realmente salva, dona Manuela fugia de entrar no quarto. Só o fazia quando era absolutamente necessário. — Se precisar me chame — dissera. Leniza só tinha uma defesa — fugir ao olhar da mãe. Se ela chegava, virava a cabeça para o canto. Se tinha de tomar um remédio, fechava os olhos. Fazia tudo para chamá-la o menos possível, e se o fazia era com uma única palavra: mamãe. Ela vinha logo, e

Leniza era telegráfica nos seus pedidos. Sentia as costas doloridas da posição forçada.

5 DE... — A TEMPERATURA desceu a trinta e seis, exacerbou-se de tarde, para cair novamente à noite. Seu Alberto ficara aflito: meu Deus! Dr. Vasconcelos não deu importância ao caso. É assim, mas em todo o caso vamos dar-lhe um estimulante — em porta trancada gatuno não entra. E aplicou-lhe uma injeção de óleo canforado.

6 DE... — AMANHECEU SEM FEBRE. Sentiu apetite, vontade de viver. O sol entrava pela janela com a doçura de um amigo. Seu ser era uma praia onde vinham morrer as ondas de luz. Nuvens no céu como rebanhos de carneiro. Roncos de aviões se exercitando. A máquina de costura funciona sem parar no apartamento ao lado. Alerta ao movimento da vida, o rumor urbano chegava aos seus ouvidos como uma música que há muito não ouvisse e que ansiasse por ouvir. E aquele sol! E aquele céu! E a transparência da luz! Que euforia! Ah! viver, viver! Como era bom viver! Respirava com força o bom ar do dia. Enchia amplamente os pulmões, sentindo que era vida que ela levava para o seu sangue, vida, vida! A palavra "vida" tinha para ela outro significado, representava uma coisa ignorada, uma coisa que vivia

dentro dela, fora dela, mas que só agora ela podia ligar. Só agora parecia compreender o seu verdadeiro valor. Sabia que escapara! Apalpava os braços, as pernas, os seios, o ventre que sofrera, sentia o sangue correr nas veias, sim!, estava viva. Sentia-se como que devolvida miraculosamente ao mundo, para gozar o mundo. A vida esperava por ela. A vida era bela! Dentro de uma semana haveria de estar de pé, cantando outra vez. "A voz carioca que o Brasil adora" — ouvia o espíquer anunciar — era ela, ela, ela! Ela que estava viva, que queria viver. Quis se ver no espelho. Espichou-se um pouco na cama e se viu. Estava magra, branca — ai! pobre dela, como estava feia! — riu com otimismo ("não olhar a vida — nunca! — pelo lado do coelho..."). Calculou que dentro de uma semana estaria outra. Dr. Vasconcelos chegou e mandou retirar o gelo: — Chega de bancar pinguim. Tomara o pulso apenas — disse ele — para dar a impressão de que estava fazendo alguma coisa. Formidável! No dia seguinte voltaria para dar-lhe uma receita agradável... Mas, depois que estivesse de pé, boa, iria fazer um examezinho de sangue... — Por que, doutor? — Por causa do seu lindo olhar!... Como o dr. Vasconcelos era simpático! Fazia-lhe pensar na jovialidade de Porto, do Porto íntimo, do Porto do apartamento... (De noite sentiu o cérebro fatigado. Teve um sono um pouco agitado, acordou várias vezes.)

*

7 DE... — A RECEITA FOI ESTA: pode se sentar na cama. Leniza respondeu: — Já me sentei. — Dr. Vasconcelos riu: — Mas não sentiu umas vertigenzinhas? — Leniza sorriu: — Senti sim, e fiquei logo apavorada e tratei de me espichar outra vez. — Dr. Vasconcelos: — Não é nada. Decorre do seu estado de fraqueza. Vamos reanimá-la, e em vez de óleo canforado, sapequemos um cardiosol. Isto levanta até defunto — foi o que afirmou, suspendendo a seringa para picá-la. Dona Manuela acompanhou o dr. Vasconcelos até a porta, e perguntou: — O senhor acha que ela ainda precisa de mim? — Ele não a compreendeu muito bem: — Precisa como, minha senhora? — Pôs os olhos no capacho: — Da minha assistência permanente... Dr. Vasconcelos achou aquilo um tanto esquisito, balançou a cabeça para acentuar que sim, que era preciso ter cuidado, que a menina ainda estava fraca, abalada, que a sua presença era mesmo imprescindível. — Está bem — rematou dona Manuela. — Era o que eu queria saber. Dr. Vasconcelos saiu francamente impressionado com a velha: Estaria com miolo mole? Será que quer abandonar a pequena? Papagaio! Mas como já tinha visto piores, acabou por não pensar mais naquilo.

LENIZA SENTOU-SE NA CAMA, ficou olhando a janela aberta, durante muito tempo, os olhos perdidos no azul esplêndido. Mais calma, atenuara-se a euforia da véspera, pesava as coisas já com mais realidade. Mamãe... — e uma nuvem negra se alastrou sobre o mar sereno dos seus pensamentos. Não! Não! Não queria pensar! Procurou varrer da cabeça a nuvem que se avolumava. Não! Não! Não era possível! Dentro da casa um silêncio de abandono. A cabeça entrou a rodar como um pião que perdesse a velocidade. Devia ser do esforço. Descansou, voltando a se deitar. Cerrou os olhos, talvez tivesse adormecido. Quando espertou, quantos minutos tinham passado? Não sabia. Olhou o céu. O mesmo esmalte azul. Mas o sol andara. Sentiu-se melhor. Sentou-se novamente na cama. Fora uma tonteira, cansaço do esforço, nada mais! Passou — estou com a cabeça fraca... As unhas estavam grandes, sem verniz. Teve vontade de tratá-las, mas lembrou-se de que há muito tempo entregava-se aos cuidados das manicuras, não tinha nada em casa. Talvez tivesse uma serrinha para apará-las... Sim, talvez tivesse. Estendeu o braço, abriu a gaveta da mesinha de cabeceira. Encontrou a carta. Conhecia aquela letra. Teve um pequeno sobressalto: Senhorita Leniza Máier, rua do Riachuelo... Era o seu nome. Era para ela. Por que não lhe tinham entregue? Coitada da mãe. Não, não fora esquecimento. Bem sabia. Apalpou a carta gorda. Sabia de quem era, pelo volume, pela letra, pelo conteúdo... As quatro notas surgiram, novas, estalando. Dois contos de réis. Uma outra nuvem chegou, cobriu-a. Sentiu-se vil, paga, paga! Fechou os olhos um momento: ó desânimo, ó aniquilamento! Ah, talvez fosse melhor que tivesse morrido!. Quando deu tento de si, estava lendo o cartão: "... lamento o que aconteceu... fatalidades... desejo que já esteja boa. aceite a modesta lembrança (lembrança!)... breve estarei de volta... Poços de Caldas. minha precária saúde. " Guardou o cartão, guardou o dinheiro. As notas cheiravam, um cheiro bom de tinta fresca, de papel novo. Dois contos de réis! A face abrasada como se a insultassem em público. Desarmada, sem defesa. Dois contos de réis! Dulce teria sido mais generosa. Dispensaria o cartão. Porto! Deu-lhe uma vontade de chorar como se somente lágrimas a pudessem lavar das baixezas do mundo. Foi puxando os lençóis para cobrir-se, como se tivesse frio, como se quisesse esconder do dia uma nudez vergonhosa. Virou a cabeça, ficou olhando a parede — dois contos de réis... — a formiguinha subia, subia. Foi fechando os olhos — as coisas dançavam dentro dela, — acabou dormindo.

8 DE... — OLIVEIRA VOLTOU. A mãe dissera: — Tem uma visita para você aí. — Quem é? — A mãe: — Um h-o-m-e-m. Sofreu a palavra, fingiu não perceber: — Quem? — Dr. Oliveira. — Ah! Mandasse entrar. O coração batia num ritmo quase doloroso e das suas misteriosas profundezas brotou um desejo de moça em flor: se ele ajoelhasse aos seus pés e implorasse o seu perdão — eu te amo! eu te amo! case comigo, meu anjo — seria um sonho! Por causa dele quase morrera. Se tivesse morrido, como ele ficaria?

Tolices. Sentiria um dia, dois, no terceiro já nem se lembraria dela. Tolices! Tolices. Lembrar-se-ia, sim. Como se tivesse passado uma esponja em tudo, como se não tivesse havido mesmo nada, sente-se alegre como uma namorada que pela primeira vez recebesse o seu eleito. Vê Oliveira aos seus pés implorando: meu amor, meu amor! A face esfogueia-se — loucura, loucura! Era uma tonta, sempre seria uma tonta!... E ele entrava. Ela compôs ainda o penteado, ajeitou o pijama, estendeu a mão — se ele beijasse a mão!... Oliveira avançou. Pegou-lhe a mão, apertou-a (apertou-a apenas!); ela ofereceu a cadeira: — Senta. Ele sentou-se: — Como vai?

— Bem. Estava um pouco pálido, um pouco nervoso, um pouco encabulado, uns gestos duros de fantoche. Dona Manuela já saíra do quarto. Foi ele quem recomeçou: — Já estive aqui... (um raio de sol batia na cama, iluminava os cabelos de Leniza como uma auréola, dava-lhe um ar de santa, muito branca).

— Sim, eu soube... — sorriu: — Por sinal, que a recepção não foi das mais delicadas... (Seu Alberto lhe contara.) — Não, eu desculpo, compreendo... — (Compreendia o quê?) Mamãe estava nervosa... (Teve vontade de contar-lhe tudo. Tinha pressentimentos que...) Mudou de tom: — Quase morri, sabe? — Sei. — Sofri muito — por sua causa. — Oliveira baixou os olhos, perdeu-os no tapete barato, um perfume de água de colônia que subia dos lençóis muito alvos... Ela: — Não teve remorsos? — Não. Não tivera. —

Não teve? — Não. — Mas eu podia ter morrido!... A culpa foi sua — houve um silêncio incômodo, automóveis fonfonavam, bondes tilintavam, e Oliveira foi dominado por um sentimento de cólera, repugnância, que até aquela ocasião conseguira vencer, dominar, sob uma falsa piedade, uma penosa piedade, mas que estalara, afinal, turbilhonante como corrente que rompe todos os diques. Era cínica! Cínica! Despudorada! Não se envergonhava. Achava muito natural. "Podia ter morrido!" Sim, devia ter morrido! Rompido as cadeias! Alma degenerada, por que se sentia tão estupidamente preso a ela?! Por que sabendo que nunca poderia confiar nela, entregar-se a ela, unir-se a ela, tanto a desejava, mantinha sempre acesa a chama da sua ternura, ansiava pela sua presença, sua voz, seu sorriso, seu perfume?!... Os olhos pararam no pescoço de Leniza, naquele pescoço que tantos babujaram, que ele próprio... Teve-lhe ódio! Era roliço, quente, sedoso... Arrepiou-se com a ideia, a ideia que cresceu dentro dele, que o empolgou inteiramente, que ia passando para ação — esganá-la, estrangulá-la. As mãos crisparam-se: que alegria, que vingança, que alívio! Mas a voz dela — uma voz cálida, que parecia vir do céu!, uma voz que ela tinha raras vezes, oh!, bem raras vezes — susteve o gesto assassino: — Por que não fala? Não está feliz em me ver? — viu-se fulminado. Acudiu-lhe aquilo como um projeto há muito tempo formulado:

— Leniza, você quer morrer comigo? — O quê?! — e os olhos abriram-se surpreendidos (ele estaria louco?!). Era inútil, completamente inútil, mas teve forças para repetir: — Você quer morrer comigo? — Não! — ficaram insustentáveis. Ele levantou-se inteiramente batido, desarvorado: — Bem... — tentou disfarçar, dar ao caso um ar de brincadeira: — Te assustei? — Não — e houve um momento em que os olhares, um preso ao outro irresistivelmente, pareciam trazer uma nova aurora, uma maravilhosa aurora de paz, de segurança, de entendimento, de vida! Mas as almas, ó pobres almas medrosas!, se recolheram como caramujos assustados à sua casca.

9 DE... — AS PERNAS PARECIA que tinham desaprendido de andar. Adormecidas, bambas, mal se sustinham. Dona Manuela, comum constrangimento que não conseguia ocultar, ajudou-a a se arrastar três passos, estender-se no divã, extenuada e trêmula como se tivesse feito um esforço desproporcional. Ajudou-a, deixou-a... A manhã luzia. Acompridou o braço, correu as cortinas da sala. O sol entrou. Veio brincar a seus pés. Dona Manuela pôs-se a fazer uma limpeza no quarto. Sacudiu o colchão, virou-o, deixou-o ao sol. Foi para a cozinha, depois. Passou pela filha como se ela não existisse. Há dois dias que não trocavam uma palavra. Leniza tinha pressentimentos... Furtivamente a observava, procurando adivinhar... Seu Alberto duplicara a atenção, esforçando-se visivelmente para equilibrar o ambiente. Trazia-lhe flores, frutas,

revistas. Leniza folheava-as, encontrando nisso um prazer intenso de movimento, vibração, alegria. Mergulhada nelas como que se esquecia do que a cercava, esquecia-se da mãe, esquecia-se de tudo. Caía num mundo de ilusão, deixava--se arrastar por todas as miragens .... O dia se arrastava com uma lentidão enervante. Uma hora, duas horas, ainda três horas! Parecia que era mais, consultava o relógio que o pai construíra, todo de madeira, que nunca se atrasava, que jamais precisava de consertos — remergulhava na leitura. Dr. Vasconcelos não viera naquele dia. Achara desnecessário. Já estava boa. Quanto lhe devia? Era esperar a conta. Devia ser grande. O dinheiro de Amaro, que tanta repugnância lhe causara, encontraria agora o seu destino. Haveria de dar. Se não desse, nem queria pensar. Afugentava todas as imagens importunas, todas as perspectivas tristes, enchia-se de coragem: quando eu ficar de pé *tudo* há de se resolver. Mas o *tudo* era tão vago... (abatia-se). E quando sairia? Quando voltaria ao estúdio, quando tornaria a encontrar Oliveira? Sentia agora que não podia mais ficar sem ele. As horas correm. Cinco horas. Sua mãe apareceu com um prato de mingau. Entregou--lhe o prato olhando para o teto. Como o aceitou, como conseguira engoli-lo? E a mãe ao lado, esperando que ela terminasse. Oh, quão penosa era a presença da mãe! Como imaginar que um coração tão bom tivesse ficado tão duro, tão hostil, tão distante?

12 DE... — FOI PARA A JANELA SOZINHA. Era uma vitória! Não precisara da mãe para ampará-la. Ficou vendo o mundo lá de cima, congestionado, apressado, turbulento, mas soando falso como um sino rachado. Como as criaturas eram pequenas, como eram pequenos os bondes, as árvores cinzentas de pó, os automóveis... Falso, falso! E o dia enfarruscara-se. Vinha um vento frio do mar escuro. Só o convento — como uma nota de realidade — continuava plácido na encosta do monte, branco e indiferente às vaidades do mundo. Não sabia por que caminhos sentia-se levada para lá. Vagando por aquelas paredes lisas e humildes, centenárias paredes que tinham gente enterrada dentro; respirando aquele ar de resignação e santidade, aquele ar de morte... Por que o convento lhe trazia sempre a ideia da morte, mais do que a de renúncia? Sim, um dia morreria. Agora estava salva, viva, o sangue corre-lhe impetuoso nas veias. Mas viu que tinha desaparecido a alegria de viver dos primeiros dias de convalescença. Triste, fanada, quase vencida, fugiu da janela para fugir ao espetáculo de agitação humana que lhe soava tão falsamente como um sino rachado. Esticou-se no divã. Cansaço, esgotamento,

perturbação. Tinha a impressão de que bebera. As moscas aborrecem. As horas correm, tão lentas, tão iguais, tão inúteis, tão... Ligou o rádio. A modinha entrou melancólica, saudosa, insuportável:

Saudades do passado...
um sonho que viveu...

13 DE... (SEXTA-FEIRA) — Quando acordou eram já dez horas e o sol ia alto, um sol escondido que não furava as nuvens. Levantou-se, caminhou para o banheiro. Passou pela sala — a mãe não estava. Passou pela cozinha — a mãe não estava. Esforçou-se para supor: teria saído apenas? Mas não foi possível. Sabia muito bem que não teria saído apenas. E acudiram-lhe os rumores da véspera, quando já estava meio adormecida — abrir e fechar de gavetas, barulho de objetos sobre a mesa, barulho de papel embrulhando, ranger de tesoura cortando. Uma dor no coração — só! ....
.... Abriu os olhos. A claridade entrava. Que horas seriam? Uma doce moleza proibia qualquer movimento. Fechou os olhos novamente, mas não tornou a dormir. Não era o barulho monótono da casa da ladeira — dona Manuela lavando as panelas, os pratos, a roupa, dona Manuela arrastando os chinelos, dona

Manuela varrendo o quintal. Não era o barulho que vinha dos vizinhos, máquina de costura monótona e incessante, o tagarelar de dona Antônia que se ouvia a cem metros. Não! Não era também o barulho discreto do apartamento, dona Manuela diligente sobre os congólios novos, nem o barulho que vinha de baixo da rua, campainhadas, buzinas, gritos, berros, pregões. Não! Era um murmúrio forte de vozes secretas, que vinha de dentro dela, que sufocava todos os barulhos do presente e do passado. A voz mais forte, como era sua conhecida: "Eu te amo, Leniza! Na vida e na morte!" Oliveira abraçava-a — a vida poderia ter acabado ali, na paisagem serena. O pai amava as suas tranças como um símbolo de pureza, de uma pureza que ele jamais possuíra. Astério gritava: — Eu te amo, cachorra! — Ah! era bem a voz dele: — Cachorra, cachorra, cachorra! — Mário sorria apenas, apagado. Porto chegando com as mãos macias, risonho, fraquíssimo, fugindo por ser fraco, por não ignorar ser tão fraco. Sente o corpo gasto, sente a alma gasta... Dulce, Amaro, tantos, tantos! ("toda a carne é pecado, toda a carne deve sofrer") Só seu Alberto é a voz mansa que nada quer, nada pede, que lhe atira flores no caminho. Ingrata! Ingrata! — de quem são essas vozes que a perseguem? De quem são essas vozes em coro que ela não distingue? As lágrimas escorrem. O apartamento é claro. Tem uma claridade de céu. Dona Manuela não consome mais os seus braços e as suas mãos ásperas. Seu Alberto sorri nas noites vitoriosas:

— Fui eu, fui eu, agradeçam a mim! — agradecer o quê? Talvez no fundo fosse ele o único culpado, o grande responsável. Tudo podia ter sido diferente. Tudo, tudo! Como o odiava, como o execrava sem saber, vida fraca, feminina, sopro de vida, fantasma de homem. E dona Manuela enterrara-se para sempre no sodalício — "eu não tenho mais filha". — Paz! Paz! Seu Alberto ficara mais paternal, miseravelmente paternal. Oliveira... Para que procurá-lo naquele dia de tão grande aflição como se só dele ("insensato aquele que põe sua esperança nos homens..."), somente dele pudesse vir o alívio para sua vida, o conforto para a sua solidão?!... Ah, o consultório vazio de sempre, sujo e poeirento, deserto de cadeiras desconjuntadas e revistas sebentas. Batera. Lembrara-se de outros tempos. Batera como em outros tempos aquelas pancadinhas suaves que faziam tão bem ao seu coração, que faziam tão bem, sim!, tão bem ao coração que a esperava. E o consultório era o mesmo, mas Oliveira era outro, seco, distante, inabordável. O remorso lhe apontou: para que insistir? Tudo passara mesmo. Seu destino era outro. Era caminhar, caminhar sempre, subir sempre... — Estou fraca, Oliveira — mentira. Arranje-me um fortificante — ele receitou. Deu-lhe a receita, seco, distante, inabordável: Tome isto que passa — e ela saíra, e mergulhara na onda de transeuntes, com o papel de receitas na mão como um pedaço branco de uma bandeira inútil. Andava, andava, esbarrando nos homens, nas mulheres, como se estivesse embriagada.

Andava, andava. Veio-lhe claro como um clarim o desejo de humilhação. Queria se arrastar, pedir perdão, implorar. Lembrou-se da mãe, que fora buscar no recolhimento o consolo para a sua miséria humana. Lembrou-se da igreja do Rosário onde fora batizada, tão redonda, tão pequena, tão linda e dourada. Tinha ido qual fumaça o delírio místico da primeira comunhão aos doze anos... Caiu na realidade — estava perto da igreja. Caminhou para lá. Caminhou contente, depressa, ansiosa por chegar. Sentia já nas narinas o ar confinado da igreja, morno e azedo, nos ouvidos o eco côncavo das naves desertas, nos olhos a obscuridade em que as almas se ajoelham ansiosas de luz. Não, não saberia rezar! Um vento ímpio, que soprou por anos, levara-lhe da memória as confortadoras, mecânicas orações. Mas comporia, inventaria, deixaria sair sem freio do coração as palavras mais espontâneas e humildes, os cantos mais sinceros de fé e de contrição. Deixar-se-ia arrastar pelo... Ah!, e estacou — a igreja estava fechada. O papel caiu-lhe da mão ou ela jogou-o fora? Não! O céu não me quer! — e novamente mergulhou na onda humana, caudal de sofrimentos, inquietudes, aflições, incertezas, pecados. Foi arrastada. A tarde caía. A vida esperava-a, era preciso viver. E para viver era preciso lutar, lutar, lutar — ia ganhando ânimo como um avião que toma impulso no campo para subir —, lutar sempre! Um homem lhe sorriu, nos olhos o mesmo desejo de todos os homens. Ainda era moça, muito moça. Ainda... Como agulha que o ímã atrai, foi-se encaminhando, os passos mais firmes, sempre mais firmes, para a Continental.................... "tribulação e trevas, desmaio e angústia, e obscuridade", aqui termino a história de Leniza. Não a abandonei, mas, como romancista, perdi-a. Fico, porém, quantas vezes, pensando nessa pobre alma tão fraca e miserável quanto a minha. Tremo: que será dela, no inevitável balanço da vida, se não descer do céu uma luz que ilumine o outro lado das suas vaidades?

A primeira edição deste livro foi impressa nas oficinas da
DISTRIBUIDORA RECORD DE SERVIÇOS DE IMPRENSA S.A.
Rua Argentina, 171, Rio de Janeiro, RJ
para a EDITORA JOSÉ OLYMPIO LTDA. em janeiro de 2022.

★

90º aniversário desta Casa de livros, fundada em 29.11.1931.